エリ・ヴィーゼル

夜

［新 版］

村上光彦訳

みすず書房

LA NUIT

by

Elie Wiesel

両親と、妹ツィポラとの霊に

目次

読者カード

みすず書房の本をご購入いただき，まことにありがとうございます．

書　名

書店名

・「みすず書房図書目録」最新版をご希望の方にお送りいたします．

（希望する／希望しない）

★ご希望の方は下の「ご住所」欄も必ず記入してください．

・新刊・イベントなどをご案内する「みすず書房ニュースレター」（Eメール）をご希望の方にお送りいたします．

（配信を希望する／希望しない）

★ご希望の方は下の「Eメール」欄も必ず記入してください．

（ふりがな） お名前　　　　様		〒
ご住所　都・道・府・県	市・郡	
	区	
電話　（　　　）		
Eメール		

ご記入いただいた個人情報は正当な目的のためにのみ使用いたします．

ありがとうございました．みすず書房ウェブサイト https://www.msz.co.jp では刊行書の詳細な書誌とともに，新刊，近刊，復刊，イベントなどさまざまなご案内を掲載しています．ぜひご利用ください．

郵便はがき

料金受取人払郵便

本郷局承認

4150

差出有効期間
2022年5月
31日まで

113-8790

東京都文京区
本郷2丁目20番7号

みすず書房営業部 行

通信欄

（ご意見・ご感想などお寄せください．小社ウェブサイトでご紹介させていただく場合がございます．あらかじめご了承ください．）

新版に寄せる

もし私が生涯にただ一冊の本を書かなくてはならないのであったとしたら、それはこの本となるであろう。過去が現在のなかに生きているのと同じように、『夜』のあとに続いた私の本はことごとく、ある深い意味において『夜』の刻印を留めている。そしてこのことは、聖書、タルムード、ハシディズムの主題を扱った本についても同じように言える。もし読者がこの本を読んでいなかったら、ほかの数々の本の意味はわからないであろう。

私がこの本を書いたのはなぜか。

気が変にならないため、あるいはその逆で、気が変になって、そうなることで、狂気を、巨大な、ぞっとするような狂気を、よりよく理解するためなのである。かつてその狂気は、歴史のなかへと、また悪の力とその犠牲者たちの苦悩とのあいだを揺れ動く人類の意識のなかへと、突如として猛然と入ってきたのであったが。

その狂気に宿る、暴力へ向かおうとする情け容赦のない誘引力ともども、〈歴史〉が繰り返されることがないようにするためには、よりよい機会をわがものとするにはどういう手段があるのか。この本を書いたのは、そうした手段として、人々にことばや思い出を伝えるためであったのか。

それともそれは、さらにごく単純なことで、私がうら若いころに受けた試練の痕跡を残しておくためであったのか。ふつう若者はその年齢にあっては、死と悪とについては本のなかで発見したことしか知らないものなのであるが。

読者のなかには、私が生き残ったのはこの作品を書くためであった、と私に語る人たちもいる。私にはそうした確信はない。どのようにして生き残ったのか、私にはわからない。あまりに弱く、あまりに内気で、自分ではそのためになにひとつしなかった。奇蹟だったと言うべきか。私はそう言おうとは思わない。天が私のために奇蹟を起こすことができたか、またはそう望んだのだとすれば、私以上にふさわしかったほかの人たちのためにも、天はそうすることができたはずであるし、そうすべきであったろうに。したがって、私にできるのは偶然にたいして感謝することのみ。しかしながら、生き残ったからには、私には自分が生き残ったことに意味を付与すべき責任がかかってくる。なにひとつ意味のなかった経験を私が紙上に書きとめておいたのは、まさにその意味を掘りだすためであったのか。

じつを言うと、振り返って思うと、打ち明けないわけにいかないことがある。私がみずからの言辞からなにごとを獲得したいと思ったのか、私にはわからない。あるいはむしろ、私にはもはやわからない。ただこれだけはわかっているのであるが、このささやかな著作がなかったなら、私の作家としての生き方は、あるいはむしろ端的に私の生き方は、いまあるとおりにはならなかったであろう。すなわち、証人としての生き方である。この証人は、敵が人類の記憶からみずからの犯罪を抹消することによって、みずからの死後における勝利を、その最後の勝利を収めたりしないようにする義務が自分にはあると、道義的にまた人間的に信じているのである。

それというのも、今日では数多くの情報源から私たちのもとに届いた正真正銘の資料のおかげで、以下のことが明瞭だからである。すなわち親衛隊《エス・エス》員は、彼らが君臨した当初、ユダヤ人がもはや存在しない社会を樹立しようと試みた。しまいには彼らの目的は、彼らが去ったのちに廃墟と化した世界を残して、そこにユダヤ人が存在したことなど一度としてなかったかのように見せかけることとなった。それゆえにこそ、ロシアで、ウクライナで、リトアニアで、はたまた白ロシアで、Einsatzgruppen〔特別行動部隊。ユダヤ人、ロマ、共産主義者などを虐殺した〕が《最終的解決》を実行に移したいたるところで——彼らはそのさい、数百万を越えるユダヤ人を、男も女も子どもも軽機関銃で撃ち殺したうえで、まさに処刑された当人たちの手で掘ってあった共同墓穴のなかに放り込んだのであるが——そのあと特殊部隊が死体を掘り起こし、しかるのちに露天で焼却したのである。このような次第で、史上初めて、ユダヤ人は二度殺されたうえ、墓地に埋葬されることができないままとなった。

言いかえるなら、ヒトラーとその子分とがユダヤ民族にしかけた戦争の狙いは、民族そのものと同じく、ユダヤ人の宗教、ユダヤ人の文化、ユダヤ人の伝統、すなわちユダヤ人の記憶にもあったのである。

たしかに、あるときから私にはこのことが明瞭になったのであった。すなわち、〈歴史〉がいつの日か裁かれることとなるからには、私はその犠牲者たちのために証言しなくてはならない、と。しかし私には、どのようにして取りかかるべきかわからなかった。語るべきことはあまりに多かったのに、語るためのことばがなかったのである。われとわが手立てが貧弱なのを自覚した私は、言語が障害に変貌してゆくのを目にしていた。別の言語を創出してしかるべきであったろう。しかしことばは、敵によって裏切られ、腐敗させせられ、変質させられていたのであるから、どのようにしてこれを復権させ、人間のものにしていったらよかったのか。飢え、渇き、恐怖、輸送、選別、火、煙突など。それらの単語はいまはなにごとかを意味している。しかしあの当時、それらの単語が意味していたのは別のことがらであった。私の母国語で書いていたとき、それはこれまた傷つけられていたのだが、私は一句ごとに「こうではないな」とひとりごちながら、つかえてしまうのであった。私はやり直すのであった。ほかの動詞、ほかの心像、ほかの無言の涙でもって。あいかわらず、こうではなかった。しかし《こう》とは正確にはどうなのか。それは、盗まれ、不当に奪われ、潰されないようにと、擦り抜け、ヴェールをかぶって隠れてしまうものであった。辞書から出てきた現存する単語は、私の目には瘠せて、貧弱で、蒼ざめて見えた。未知の行く先に向かう封印した貨車での最後の旅を語ろうというとき、どの単語を用いたらよいのか。また、狂って冷たい世界――そこでは非人間的であることが人間的であり、規律正しく教養のある、制服に身を固めた人々が人殺しをしにやってくる一方、驚きのあまり呆然とした子どもたちや、力の尽き果てた老人たちが辿りついては死んでいったのであるが――を発見したときのこと。炎の燃え立つ闇夜のなかで別れ別れになり、すべての絆がぷっつりと切れ、家族全体が、共同体全体が破れ裂けたときのこと。また、髪の毛は金色で悲しげな微笑を浮かべた、おとなしくて美しいユダヤ人の女の子が、母子が到着したその晩のうちに母親ともども殺されて消え失せたときのこと。どうしたら、そうしたことどもを想起しながら、手を震わせることなく、心臓が永久に断ち割られることなくすませられようか。

証人は心の奥底では、自分の証言が受けつけられないだろうと知っていた。――いまもなお、そうと知ることがときおりあるとおりに。アウシュヴィッツを見知った者だけが、そこがどういうところだったか知っている。ほかの人たちは、それをいつまでも知らないままであろう。

せめて、彼らは理解するであろうか。

弱者を保護し、病人を癒やし、子どもを愛し、老人の英知を尊重し、また尊重させることを、人間的で、高貴で、また絶対に必要な義務と心得ている人たちなら、このことを理解できるのであろうか。そう、あの呪われた世界にあっては、支配者たちが弱者を拷問し、病人を殺し、子どもと老人とを殺戮しようと躍起になっていたことを、彼らはどのようにして理解できるのであろうか。

それは証人の自己表現がそうまで拙いからであろうか。理由は違ったところにある。あなたがたが理解しないのは、彼らが無器用で、自己表現が貧弱なためではない。それは、彼らの自己説明がそうまで貧弱なわけが、あなたがたにとっては理解がいかないからなのである。

それでいて、証人は彼の存在の奥底においてこういうことを知っていた。そのような状況にあっても、話すことが不可能ではないにしても困難であるとはいえ、黙っていることは禁じられているということを。

したがって、忍耐しなくてはならなかった。そして、ことばなしに話そうと。沈黙はことばに住みつき、ことばを包み込み、ことばを乗り越えているのだから、その沈黙に信頼しようとしなくてはならなかった。向こうに、ビルケナウにあるひとつかみの遺灰のほうが、あの呪いの地についてのすべての物語よりも重くのしかかってくるという気持ちもあったし、それとともに以上すべてのことがあった。それというのも、語りようのないことを語ろうとして私がありったけの努力を尽くしたにもかかわらず、「あいかわらず、こうではなかった」からである。

あの原稿——『そして世界は黙っていた』という表題のもとにイディッシュ語で書かれ、まずフランス語に、ついで英語に訳した——がパリおよびアメリカのすべての大出版社によって断られた、それもあの大作家フランソワ・モーリヤックが疲れることなく努力してくれたのに断られた理由は、そうしたことなのであろうか。彼は何ヵ月も何ヵ月もかかったすえ、しかも自分でほうぼうを訪ねて回ったすえに、とうとう持ち込みに成功したのである。

私は数限りない削除を加えたのであるが、それでもやはりイディッシュ語によるもともとの原稿は長かった。名声高い小出版社レ・エディション・ド・ミニュイ（深夜出版社）の伝説的な社長・ジェローム・ランドンが、短縮したフランス語原稿に手を加えてくれた。私は彼の流儀による原稿刈り込みを承諾した。それというのも、余分に見えそうないっさいに懸念を覚えたからである。ここで大切なのは実質だけであった。私は過剰をはねのけていった。私にとっては、言いたりないより語りすぎるほうが恐ろしかった。みずからの記憶を洗いざらい空にするのは、それが溢れでるままに任せるのと同じく、健全なことではない。

例。イディッシュ語原稿では、物語はこうした悟ったような省察から始まっている。

> はじめに信仰があった、幼稚ながら。そして信頼があった、空虚ながら。そして幻想があった、危険ながら。
>
> 私たちは〈神〉を信じていた、人間に信頼していた、そしてこのように幻想を抱いて生きていた。すなわち、私たちの各人のうちには、〈シェキナー〉（世界における〈神〉の栄光のすまい、あるいは〈神〉がその民のただなかに臨在すること）の炎の聖なる火花が預けられており、私たちはひとりひとり、みずからの目のなかに、また

〈魂〉のなかに〈神〉の似姿の反映を宿している、との幻想を。

これは私たちのあらゆる不幸の原因とは言わないまでも、その源泉ではあった。

私は別のところで、イディッシュ語原稿のほかのいくつかの段落を紹介している。私の父の死について、解放について。それらの段落をこの新訳のなかに収めないのはなぜか。あまりに個人的、あまりに内密にすぎるため、行間に留めておかなくてはならないからである。そうは言っても。私には、あの夜のあいだの私自身の姿がまたも浮かび上がってくる。私の生涯のうちでも、もっともやりきれない夜のひとつであった。

「レイゼル（イディッシュ語でエリエゼルに相当する）、息子よ、来ておくれ……。ちょっと言っておきたいことがある……。おまえだけにだ……。来ておくれ、わしをひとりきりにしておかないで……。レイゼル……」

父の声が聞こえたし、話していることの意味も捉えたし、この瞬間の悲劇的重要性もわかったのであるが、私はそのまま自分の居場所から動かなかった。それは父の最後の願いであった――臨死の苦悶にさいし、魂がみずからの傷ついたからだからもぎ放されかかったさいに、私に自分のそばにいてほしかったのである。しかし、私は父の願いを叶えなかった。

私は恐かった。

打たれるのが恐かった。

それだからこそ、父が涙を流して頼んでいるのに、私は耳を藉《か》さないままでいたのである。私の汚ならしい腐った命を犠牲にして父のもとへ駆けつけ、父の手を取り、安心するように言い、父が棄てられてしまったのではなく、私がすぐそばにいるのを、私が父の悲しみを感じているのを、父に見せてあげればよかったのに、私はそうしたすべてをする代わりに、私の居場所で横になったまま、〈神〉にこう祈ったのであった。父が私の名を呼ぶのをやめさせてくださるように、父がブロックの責任者たちに殴られずにすむために叫ぶのをやめさせてくださるように、と。

しかし、父にはもう意識がなかった。

涙にうるんで、ぼやけてきた父の声は、引きつづき静寂をつんざいていた。そして私を、私だけを呼んでいた。

そのとき、なにが起こったのか。その親衛隊員《エス・エス》は怒りだし、父に近づくと頭を打ちすえた。

「黙れ、おいぼれ！　黙れ！」

父は棍棒で殴られても感じなかった。私なのだ、感じたのは。それでいて、私は反応を見せなかった。親衛隊員が父を叩いているのに、私は放っておいた。老いた父がひとりで臨死の苦悶にとり憑かれているのに、私は放っておいた。もっとひどい。私は父に向かって腹を立てていた。騒々しくし、涙を流し、自分から叩かれるようなことをしていたからである……。レイゼル！　レイゼル！　おいで、私をひとりにしておかないで……。父の声は、ごく遠くから、すぐ近くから、私のところへ届いてきた。しかし、私は身じろぎもしなかった。そのことを、私は私自身にたいしてけっして許しはしないだろう。私をそこまで追いつめたことを、私を他者にしてしまったことを、私のなかに悪魔を、もっとも下劣な精神を、もっとも野蛮な本能を目覚めさせたことを、私は世界にたいしてけっして許しはしないだろう。（……）

彼の最後のことばは私の名前であった。呼びかけであった。

しかも、私は答えなかった。

イディッシュ語原稿においては、物語は割れた鏡で結ばれているのではなくて、今日の状況についてのどちらかというと悲観的な省察で結ばれている。

……さて、ブーヘンヴァルトから十年経ったいま、私は悟るのであるが、世界は忘れている。ドイツは主権国家となった。ドイツ軍は復活した。ブーヘンヴァルトのサディスティックな女イルゼ・コッホには子どもが何人もいて、しあわせにしている〔じっさいにはコッホは一九五一年に西ドイツで終身刑を宣告され、当時は獄中にいたらしい〕。戦争犯罪人どもがハンブルクやミュンヘンの街路を散歩している。過去は拭い消され、忘却へ送り去られた。ドイツ人や反ユダヤ主義者どものうちには、殺害された六百万のユダヤ人というあの物語はすっかり伝説にすぎないと、世界に向かって語っている者もいる。そして世界は愚かにも、今日すぐにとは言わないが、明日か明後日となったら、そのことを本気にするであろう……。

私はそうそう愚かではないから、この一冊が歴史の流れを変えるだろうとか、人類の意識を揺すぶるだろうとか信じたりはしない。

一冊の本には、もはやそれが昔もっていた力はなくなっている。

昨日黙った人たちは、明日も黙るであろう。

読者には、もうひとつの問いを私たちに発する権利があるかもしれない。初版が四十五年前から存在してきたのに、なぜいまになってこの新版を出すのか、と。もし初版に忠実さや優良さが不足していたのなら、代わりにより優れた、より原本に近いことを目ざしたらしい本を出すのがこうも遅くなったのは、いったいどういうわけか、と。

英訳についても、仏訳についてと同じことが言える。あのころ私が無名の初心者で、私の英語が――なお、フランス語もそうだったが――まだまだ不十分だったことを思いだしていただく必要があるだろうか。エディション・ド・ミニュイのエージェントのジョルジュ・ボルシャールが知らせてくれたのだが、ロンドンの出版社が女性翻訳者を見つけてくれたとのことだったので、私は返事をして謝辞を述べた。その英訳を読んだところ、満足のゆくものに思えた。その後、私はこれを読み返していない。そうこうするうちに、私のほかの著作のいくつかが幸いにして私の妻のマリオンの手で翻訳された。彼女は通常の域を越えた翻訳者であるうえ、私の声を知っていて、ほかのだれよりも巧みにそれを伝達することができる。私は運がよかった。彼女はファラー社の出版人ストロース・ジルーから新訳の準備にかかるように誘われ、これを承知した。私は確信しているが、読者はそのことで彼女に感謝したくなるであろう。私は彼女のおかげで、そこかしこにあった誤った表現や誤植を修正することができた。例――封印列車での最初の夜間旅行を想起したところで、人々のなかには暗闇を利用して性行為を犯した者がいた、というふうに筆が走っている。それは事実と違う。私はイディッシュ語の原稿ではこう語っている。「幾人かの若い男女は、ついつい彼らの興奮した性愛本能に負けてしまった」。私はいくつかの絶対確実な資料にあたって確かめてみた。列車内では、あらゆる家族がまだまとまっていた。数週間に及ぶゲットー暮らしくらいでは、古来の風習、習俗、掟を侵犯するほどまでには、私たちの振る舞いは堕落するわけがなかった。ぎごちない触れ合いがあちこちであったことなら、それはありうる。それだけのことであった。だれひとり、もっと先まで進みはしなかった。しかしそれではなぜ、私はイディッシュ語であのように語り、またそれをフランス語および英語に訳すことを許したのか。ひとつしか説明のしようがない。つまり、私は私自身のことを語ったのである。私が論難したのは私自身だったのである。私はこのように想像するのであるが、私は心底から敬虔ではあったが、春機発動期さなかの若者だっただけに、男女が身体的に密着していた状態のせいで亢進した性愛想像力に抵抗しきれなかったのである。

もうひとつの例。こちらは軽度のもので、言い落とした箇所がある。〈ロシュ・ハシャナー〉〔ユダヤ暦の最後の日〕の晩、全員の祈りがあらかじめ準備もせずに行われたときのことを想起したさいに、私は父を探しにいって手に接吻したことを語っている。家にいたころ、いつもそうしていたのである。私はそこで、私たちがそれまで群衆のなかではぐれていたことを記すのを忘れてしまった。その細部を指摘してくれたのも、いつも精確を期することを心がけるマリオンである。

ここまで語ったうえで、こうも遙かな時を隔ててこの証言を読み返して気がついたのだが、いつまでも長々と遅らせなくてよいことをした。歳月が経ったいま、いくつかの挿話が疑わしく思えてきて——それは間違っているのだが——私は驚くのであった。私はこのなかで、向こうでの最初の夜のことを語っている。有刺鉄線の内側における現実を発見したこと。先輩囚人が警告して年齢を偽るように勧め、父は齢より若く、私は年長に申し立てなくてはいけないと言ってくれたこと。選別のこと。冷然とした空に象眼された何本もの煙突に向かって行進したこと。炎の燃え立つ穴に放り込まれている幼児たちのこと……。幼児たちが生きていたのかどうか、私は明記しなかった。それでいて、私はそう信じていた。それから、私は思い返した。いや、死んでいたのだ、そうでなかったら自分は正気を失くしたことだろう、と。それでいて、収容所仲間たちは私といっしょに、私のように、あの子たちを見たのである。炎のなかに放り込まれたとき、幼児たちは生きていたのである。テルフォード・テイラーのような歴史家たちがそのことを確認している。そして私は気が変にはならなかった。この悪夢のような光景が、この新版にも現れてくる。

この序論を結ぶに先立って、私の以下の確信を強調しておくのが肝要だと思える。すなわち、人々も同様だが、一冊一冊の本にはそれ自体の宿命がある、ということを。悲しみを呼び寄せる本もあれば、喜びを呼び寄せる本もある。一冊の著作がその両方を兼ねることさえある。

私は先のほうで、『夜』が四十五年前にこの国〔フランス〕で刊行されたさいに逢着した数々の困難のことを書き記した。好意的な批評があったにもかかわらず、この本の売れ行きは芳しくなかった。題材が病的だと断じられて、だれの関心もよばなかったのである。ラビのだれかが説教のなかでこの本を話題にすると、ほかのだれかがかならず苦情を持ちだすのであった。「過去の陰気な話で子どもたちにやりきれない思いをさせてなんになる」と。その後、事態は変わってきた。私のこの薄い一冊は、予想外の迎えられ方をした。今日ではなかでも教室なり大学なりで若者たちが読んでくれる。しかも大勢が、である。

この現象は、どういって説明したものか。なによりもまず、大衆の精神状態に生じきたった変化に理由を求めなくてはならない。五〇年代、六〇年代には、戦前ないしは戦時中に生まれた大人は、まことに貧弱にも〈ホロコースト〉と命名されたことがらにたいして、無意識的に、また大目に見るような調子で、一種の無関心といった態度を表したものである。それがもう、いまでは違ってきている。

あの当時は、勇敢にもこの題目を扱った書物を刊行する出版社などわずかしかなかった。今日では、あらゆる出版社が定期的に、またなかには毎月、これを出版している。学問の世界でも同じことが言える。当時は中等教育でも高等教育でも、この題目について講義を行う学校はわずかしかなかった。今日では、いたるところでそれが授業科目に含まれている。しかもそれらの講義は、もっとも人気のあるもののなかに入っている。

いまでは、アウシュヴィッツという主題は一般教養の一部をなしている。映画、演劇の脚本、小説、国際的講演会、展覧会、一国の最高人士が参列する恒例の儀式など。この主題はよけて通れなくなったのである。もっとも印象鮮やかな例としてワシントンにある〈ホロコースト博物館〉がある。一九九三年の創設以来、すでに二二〇〇万あまりの人々が訪れている。

生き残りの世代が日々瘠せてゆくことを意識しつつ、現代の学生なり読者なりは、みずからが彼らの記憶によって呪縛されているのを発見するのである。

それというのも、ことがらはより高次の、そして究極の段階にあっては、記憶に、その起源に、その広がりに、また同様にしてその到達点に関わるからである。繰り返して言うが、記憶が溢れでることは、それが貧困になってゆくのと同程度に有害になる惧れがある。記憶が真実に近くあるようにと期待しつつ、その溢出とその貧困化とのあいだにあって節度を選んでゆくのが、私たちに課された責務なのである。

証人であろうと願う生き残りにとって、問題はいまも単純なままである。すなわち彼の義務は、死者たちのためにも、同じく生者たちのためにも、そしてとりわけ未来の諸世代のためにも陳述することなのである。過去は共通の記憶に属しているのであるから、私たちには未来世代から過去を奪い去る権利はない。

忘れようものなら、危険と侮辱とを意味することとなろう。死者たちを忘れようものなら、彼らを二度重ねて殺すこととなろう。さて、殺し屋どもとその共犯者どもとを別にすれば、なんぴとにも彼らの最初の死にたいする責任はない。そうではあっても、私たちは第二の死にたいしては責任がある。

ときとして《アウシュヴィッツへの返答》を知っているかと訊かれる。私は知らないと答える。これだけの規模の悲劇にたいして返答があるのかどうかさえ、私にはわからない。しかし、責任のなかに《返答》があるのだ、ということはわかっている。あの呪いと暗闇との時期——それはじつに近く、またじつに遠い——について語るとき、《責任》こそ鍵となる語なのである。

証人がみずからの気持ちを押さえて証言することを選んだのは、今日の若い人たちのためであり、また明日生まれでる子どもたちのためである。証人は、みずからの過去が彼らの未来になることを望まないからである。

エリ・ヴィーゼル

序文

外国のジャーナリストがたびたび私のところへ訪ねてくる。私には彼らが恐ろしい。私の考えをすっかり打ち明けてしまいたい気持ちと、フランスにたいしてどういう感情を抱いているのか分からぬ話相手に武器を渡すことにならないかという危惧とで、板挟みになるからである。このような対面にあたっては、私はけっして用心を忘れない。

その朝のこと、テル・アヴィヴのある新聞から派遣されて私に質問しにきた若いイスラエル人は、はじめから私のうちに共感をよびさました。私はほどなく自分の共感の気持ちを抑えようとしなくてもよくなった。それというのも、話しあいはたちまち個人的な調子になっていったからである。私は占領期の思い出話をもちだすところまでいった。私たちの心をとくに揺すぶるのは、かならずしも直接にかかわりあった状況とは限らない。私は若い来客にこう打ち明けた。——あの暗澹たる歳月に見たいかなる光景も、オーステルリッツ駅に来ていた、ユダヤ人の子どもを鮨詰めにした、あの幾台かの貨車ほどに私の心に深く刻みこまれはしなかった……。それでいて、私はそれらの貨車をわれとわが目で見たわけではない。じつは、私の妻が見て帰ってきて、そのとき覚えた恐怖感がまだすこしも抜けやらぬままに語り聞かせてくれたのである。——当時、私たちはナチスによる絶滅方法をまるきり知らずにいた。それに、そのような方法をだれに想像できたろうか！　しかし、そうした仔羊たちが母親から引き離されたりするだけでも、すでに、私たちにはとてもありえようとは思いもよらなかった。不正を隠した謎が開示せられたとき、ある一時代の終末と別の一時代の開始とが刻印せられたといってよかろう。さて、私はその日はじめて、その種の謎の一端に触れたのだと思う。西欧人が十八世紀に抱懐し、一七八九年にいたってその曙光を見たように思った夢、そして一九一四年八月二日までは〈知《リュミエール》〉の進歩や科学上の諸発見によって強まってきた夢、その夢が私にとっては、幼い男の子を鮨詰めにしたそれらの貨車を前にして完全に消え失せてしまった。——それにしても、その子たちがガス室や焼却炉に供されようとしていたとは、私にはとうてい思いもよらなかった。

以上のことを、私はそのジャーナリストに打ち明けずにはいられなかった。そして私が「何度も、何度も、その子たちのことを考えましたよ！」と言って溜息をついたところ、彼は私に言った。「私はそのなかのひとりです」。そのなかのひとりであったのか！　彼は、母親と熱愛する妹とが、父親を除く身内の者すべてが、生き身の人間を焚き物とする炉のなかへ消えてゆくのを見たのであった。父親については、彼は来る日も来る日もその殉難に立ち会い、そして、その臨死の苦悶に、またその死に、立ち会わなくてはならなかった。しかも、なんという死！　この書物は、そのときの状況を述べているから、この書物を発見する仕事は読者にお任せする。また、その子ども自身がいかなる奇蹟によって虎口を脱したかということも。——その読者のことだが、アンネ・フランクの日記の読者と同じくらい大勢いてしかるべきであろう。

しかし、私はこのことをはっきり語っておく。この証言は、ほかのじつに多くの発言のあとから来たもので、これでもうなにひとつ未知のままに残されてはいまいと思ってよさそうなまでに、憎むべき所業を描いている。しかもなお、これは別種で、特異で、唯一無二の証言なのである。トランシルヴァニアのシゲットという名の小都市のユダヤ人たちの身の上に起こったこと。彼らには宿命から逃れる時間があったはずなのに、そのうえ、殺戮から身をもって逃げてきて、われとわが目で見たことを語り聞かせてくれた目撃者がいながら、その人の警告や嘆願には耳を藉そうとせず、——それどころか、彼らはその人を信ずることを拒んで、狂人と見なしてしまうのである、——いまとなっては想像もつかぬ消極的態度をもって、その宿命に彼ら自身の身柄を引き渡してしまった。彼らはそれほどまでに、宿命にたいして盲目であった。——たしかに私の感じでは、以上の所与の事実だけでも、いかなる作品もとうてい比較にならないほどの作品を十分にうみだしえたであろう。

しかしながら、この並外れた書物が私の心を捉えて放さなかったわけは、もうひとつの側面から来ている。ここで自分の身の上を語っている子どもは〈神〉に選ばれた子であった。彼はものごころついてこのかた、〈タルムード〉〔ユダヤ民族の掟についての口頭伝承、ラビの教え、律法の解釈・判例を集成したもの。ユダヤ人の日常を律する〕に心を養われ、〈カバラー〉〔ヘブライ神秘説〕の奥義に通じようとの野望を発し、〈永遠なるお方〉に心身を献げて、ただ〈神〉のためにのみ生きていたのである。ほかの幾多の憎むべき所業ほどは鮮やかに見えず、また印象が強烈でもない所業の恐ろしい結果に――それでいてわれわれ信仰を有する者にとっては、すべての結果のうちでも最悪のものに――われわれはこれまで思いを致したことがあったであろうか。すなわち、一挙に絶対の悪を発見したこの幼い魂のなかで〈神〉が死んだ、ということに。

　自分の妹と母親とが、ほかの幾千もの人たちのあとに続いていまにも投げこまれようとしているその炉のなかから、黒煙の環が猛烈な勢いで湧きあがり、つぎつぎと空にひろがっては崩れてゆくのを、彼の目は見つめていたのである。そのあいだに彼の内面でどのようなことが生じていたのか、想い描いてみよう。「この夜のことを、私の人生をば、七重に閂をかけた長い一夜に変えてしまった、収容所での第一夜のことを、けっして私は忘れないであろう。この煙のことを、けっして私は忘れないであろう。子どもたちのからだが、押し黙った蒼穹のもとで、渦巻きに転形して立ちのぼってゆくのを私は見たのであったが、その子どもたちのいくつもの小さな顔のことを、けっして私は忘れないであろう。私の信仰を永久に焼き尽くしてしまったこれらの炎のことを、けっして私は忘れないであろう。生への欲求を永久に私から奪ってしまった、この夜の静けさのことを、けっして私は忘れないであろう。私の〈神〉と私の魂とを殺害したこれらの瞬間のことを、また砂漠の相貌を帯びた夜ごとの私の夢のことを、けっして私は忘れないであろう。たとえ私が〈神〉ご自身と同じく永遠に生き長らえるべき刑に処せられようとも、そのことを、けっして私は忘れないであろう。けっして」

そのとき、この若いイスラエル人のどこがはじめから好ましかったのか、私にはわかった。それは、復活しながら、しかもあいかわらず暗い岸辺――彼は、辱められた累々たる死体に躓きながら、そのあたりを彷徨したのである――の虜囚たりつづけていたラザロのまなざしにあったのである。彼にとって〈神〉は死んだというニーチェの叫び声は、からだにじかに応えるといってもよさそうな、ひとつの現実の表現であった。すなわち、あらゆる偶像のうちでもっとも貪欲な〈人種〉という偶像の要求により、人間を焼いて捧げる〈全燔祭《ホロコースト》〉が行われたとき、この子どもの見ている前で、愛、柔和、慰めの〈神〉は、アブラハム、イサク、ヤコブの〈神〉は、その祭壇から立ちのぼる煙のなかへと永久に姿を消し去ったのである。そして、なんと多くの敬虔なユダヤ人の心のうちで、この死が成しとげられずにはいなかったことか。あの恐ろしい日々のうちでも恐ろしい日、この子どもはもうひとりの子ども――彼が言うには、不幸な天使のような顔をしていたとのことである――にたいする絞首刑（そう、そのとおり！）に立ち会ったのであるが、彼はその日自分のうしろでだれかが呻き声を発したのを聞いた。「〈神さま〉はどこだ、どこにおられるのだ。いったい、〈神〉はどこにおられるのだ」。そして私は、私の心のなかで、だれかの声がその男に答えているのを感じた。「どこだって？　ここにおられる――ここに、この絞首台に吊るされておられる……」

　ユダヤ暦年の最後の日に、この子どもはロシュ・ハシャナーの厳かな儀式に加わる。彼は、これら数千の奴隷が声を揃えて叫ぶのを聞く――「〈永遠なるお方〉のみ名のほめたたえられんことを！」以前のことであれば、彼もまたいかなる崇拝、いかなる畏怖、いかなる愛をもって平伏《ひれふ》したことであろうか！　ところが今日は、彼は立ちあがり、まっすぐ見すえる。精神にとっても心情にとっても想像しうる範囲を絶して、辱められ、また侮辱せられた被造物が、盲目で耳の聞こえない神格に向かって挑戦する。「今日、私はもう嘆願してはいなかった。私はもう呻くことができなかった。それどころか、私は自分がとても強くなったように感じていた。私は原告であった。そして被告は――〈神〉。私の目はすでに見ひらかれており、そして私はひとりきりであった。〈神〉もなく、また人々もなく、世界にあって恐ろしいまでにひとりきりであった。愛もなく、憐れみもなかった。私はもはや灰燼以外のなにものでもなかった。しかし、私の人生はそれまでじつに長きにわたって〈全能者〉に縛りつけられてきたのに、いまや私はその〈全能者〉よりも自分のほうが強いと感じていた。この祈りの集いのさなかにいて、私は異邦人の観察者のごとくであった」

　では私は、〈神〉は愛なりと信じている私は、この若い話相手にいったいなんと答えることができたであろうか。彼の青い目は、ある日絞首刑に処せられた子どもの顔に現れた、あの天使の悲しみの反映をいまも宿していたのである。私は彼になんと語ったであろうか。あのイスラエルびとのことを、おそらくは彼に似ていたあの兄のことを、その身をかけられた十字架がのちに世に打ち勝った、あの磔刑に処せられたお方のことを、私は彼に話したであろうか。彼にとって躓きの石だったものが私にとっては隅の親石になったのだと、また、十字架と人間の苦悩との一致こそは、私の目から見るとき、ある測り知れぬほど底深い謎――彼の幼い日々の信仰はそのなかで失われてしまったのであるが――を開くための鍵であることに変わりないのだと、私は彼に断言したであろうか。それにしても、シオン〔イスラエルびと〕は焼却所と死体置き場からふたたび姿を現した。ユダヤ民族はこれら何百万もの死者のなかから復活した。まさにこれらの死者によって、この民族はいまふたたび生命を有しているのである。ただ一滴の血、ただ一滴の涙の代価も、私たちの知るところではない。すべては恩寵である。もし〈永遠なるお方〉が〈永遠なるお方〉であるとすれば、私たちの各自にとって、最後のことばはこのお方が発せらるべきものなのである。――私はそのユダヤ人の子どもに、以上のことを言うべきであったろうに。しかし、私にできたのは、ただ涙しながら彼を抱擁することだけであった。

フランソワ・モーリヤック

第一章

彼は《堂守りのモシェ》と呼ばれていた。あたかも生まれてこのかた苗字がなかったかのようであった。彼は、ハシディーム派〔ハシディームは《敬虔なる者》の意。ユダヤ教の一派たるハシディーム派の復古運動は十八世紀に東欧にひろまった〕会堂の《なんでも屋》であった。シゲット――私が幼年時代を過ごした、トランシルヴァニアのあの小都市――のユダヤ人は、彼が好きであった。彼は非常に貧しく、みじめな暮らしをしていた。概して私の町の住民は、貧しい人たちを助けてはやったが、彼らをあまり好いてはいなかった。《堂守りのモシェ》は例外であった。彼はだれの邪魔にもならなかった。彼がそばにいても、だれも気にならなかった。とるに足らぬ人物となり、人の目にとまらずにすます技術にかけては、彼は名人の域に達していた。

身ごなしの点では、彼には道化のように不器用なところがあった。それに孤児らしい内気さがあって微笑を誘うのであった。どことも知れず遠方を見ている、彼の夢みているような大きな目が、私は好きだった。彼は口数が少なかった。よく歌を歌っていた。というより、むしろ口ずさんでいた。歌詞の端々が聞きとれたとき、そのなかで歌われていたのは、神性の苦悩や〈神〉の〈流亡〉

のことであった。なお〈カバラー〉によれば、人間が解放されるときに〈神〉も解放されるので、〈神〉はその日が来るのを待っているのだという。

私は一九四一年の末ごろに彼と知りあった。私はそろそろ十三歳になろうとしていた。私は心底からの信者であった。昼間は〈タルムード〉を学び、そして夜は会堂へ駆けつけて〈神殿〉の破壊のことを思って涙を流すのであった。

私はある日父親にむかって、〈カバラー〉の勉強の手引きをしてくれる先生をみつけてほしいと頼んだ。

「おまえはまだ歳がいかないからそんなことをしてはいけない。神秘主義という危険にみちた世界へ踏み込んでゆく権利は、三十歳になってやっと授けられるのだと、マイモニデス（モーセス・マイモニデス（一一三五—一二〇四）、モシェ・ベン・マイモンともいう。コルドバに生まれ、のちカイロに定住したユダヤ神学者）も言っているよ。おまえはまず、いま理解できる基礎的なことがらを勉強しなくてはいけない」

私の父は、教養もあり、あまり感傷に流れぬ人物であった。家族のあいだにいてさえ、気持ちの赴くままに話すということがいっこうなかった。身内の者より他人のことで忙しかった。シゲットのユダヤ人共同体は、父にこのうえない敬意を寄せていた。公けの問題のこと、また私的なことがらについてさえ、父はみんなからしばしば相談を受けた。子どもは四人いた。長女がヒルダ、次女がベア、私が第三子で男の子は私だけであった。末の妹をユディット（これは出生証明書に記された名。通称はツィポラ。ほかにツィプカという愛称も

《あった》」といった。

両親は商業に携わっていた。ヒルダとベアとはその手助けをしていた。私はというと、私のいるべき場所は学び舎にあるのだ、と両親は言うのであった。

「シゲットにはカバリストはいない」と、私の父は繰り返し言ったものである。

彼は、私の心からこの思いつきを追い払いたがっていたのである。しかし無駄であった。私は自分ひとりで、《堂守りのモシェ》その人のうちに自分の先生を見いだした。

ある日、たそがれどきに私がお祈りしているところを、彼は見守っていたのであった。

「あんたはなぜお祈りしながら涙を流すのかね」。まるでとうの昔からの知りあいのように、彼は私に尋ねた。私はひどくまごつきながら答えた。

「さっぱりわからないなあ」

それまで、私の心のなかにそんな問いが浮かんだことはなかった。私が涙を流していたのはなぜかというと……なぜかというと……私のうちにあるなにものかがその必要を感じていたからなのである。私にはそれ以上のことはなにもわかっていなかった。

「なぜお祈りするのかね」。しばらくしてから彼はそう尋ねた。

なぜ祈るのか。奇妙な問いだ。なぜ生きているのか。なぜ呼吸するのか。

「さっぱりわからないなあ」と、わたしは言った。いっそうまごつき、いっそう落ちつかない気分だった。そうしたことは、さっぱりわからなかったのだ。

その日からのち、私は彼に何度も会った。彼はたいへん力をこめて、つぎのようなことを私に説明してくれた。――ひとつひとつの問いにある種の力が備わっているのに、答えのなかにはその力はもはや含まれていないのだ、と……。

彼は好んでこう繰り返した。「人は〈神〉にさし向ける問いによって〈神〉のほうへ向上してゆくのだよ。それがほんとうの対話というものだ。人が問いかけ、そして〈神さま〉は答えてくださる。しかし、お答えの意味は人にはわからない。わかりようがないのだよ。なぜなら、それらのお答えは、魂の底から湧いてきて、死ぬまでそこに留まっているのだからね。エリエゼル君、ほんとうのお答えというものは、きみ自身のうちにしか見つからないだろうよ」

「じゃあモシェさん、あなたはなぜお祈りするの」と、私は彼に尋ねた。

「私のなかにいる〈神さま〉に向かって、ほんとうの問いをあなたさまにさし向けられるだけの力をお与えください、と言って祈るのだよ」

私たちはほとんど毎晩のようにこういう話を交わした。信者がみな会堂を立ち去ってから、何本かのなかば燃え尽きた蠟燭の明りがまだゆらめいている薄暗がりに坐ったまま、私たちは会堂に居残るのであった。

ある晩私は彼に向かって、〈ゾハル〉〔『光輝の書』〕や〈カバラー〉関係の書物やユダヤ神秘思想の秘密を教えてくれる先生がシゲットで得られないものだから、とても悲しい思いをしているのだ、と語った。彼は寛大な微笑を浮かべた。ながいあいだ黙っていたあとで、彼は私に言った。

「神秘思想の真理という果樹園に入り込むには、千と一つの戸口があるのだよ。人間はひとりひとり自分の戸口を持っている。間違えて、自分の戸口以外の戸口から果樹園に入り込もうなどと思ってはいけない。入ってゆく人にとっても、またもうそのなかにいる人たちにとっても、それは危険なことなのだ」

そして《堂守りのモシェ》は、あわれにもシゲットの町を裸足で歩いているこの男は、何時間も何時間も〈カバラー〉の光明と神秘とについて私に話してくれた。私はまさしく彼とともに、密儀参入《イニシエーション》を始めたのである。私たちは〈ゾハル〉の同じページを何十回もいっしょに読んだ。暗記するためではなく、そのなかから神性の本質そのものを把握するためであった。

そして、この幾夜かのあいだに、私のうちにこうした確信が強まっていった。すなわち《堂守りのモシェ》は、私を連れて永遠のなかへ、問いと答えとが〈ひとつ〉になりきっているあの時間のなかへ導き入れてくれるのだろう、と。

それからある日のこと、外国から来たユダヤ人がシゲットから放逐された。そして堂守りのモシェは外国人だったのである。

ハンガリー人の憲兵によって家畜用の貨車に詰め込まれ、彼らは声を押し殺して涙を流していた。発車プラットフォームに立って、私たちもやはり涙を流していた。列車は地平線のかなたに消えた。そのあとには、濃いくろずんだ煙しか残っていなかった。

私のうしろでひとりのユダヤ人が溜息をもらしながらこう言っているのが聞こえた。

「しようがないじゃないか。戦争だもの……」

移送囚たちのことはすぐに忘れられた。彼らが出発してから数日後、彼らはいまガリチアにおり、そこで働いていて、自分たちの境遇に満足さえしている、という噂がたった。

何日かが過ぎ去った。何週間か、何ヵ月間かが。生活はいつしか平常どおりに戻っていた。どの住居にも、穏やかな、安心をもたらす風がそよいでいた。商人は順調に商売に励み、学生は本に囲まれて暮らし、子どもは通りで遊んでいた。

ある日、私は会堂に入りかけたとき、入り口のそばのベンチに《堂守りのモシェ》が坐っているのに気づいた。

彼は自分の、また仲間の身の上を物語った。移送囚を乗せた列車は、ハンガリー国境を越えてポーランド領に入ってから、ゲシュタポの手にゆだねられたのであった。列車はそこで止まってしまった。ユダヤ人は下車してトラックに乗り込まねばならなかった。トラックの列はとある森林めざして進んだ。彼らは降ろされた。彼らは大きな大きな穴をいくつも掘らされた。彼らが作業を終えると、ゲシュタポの連中が自分たちの仕事にかかった。彼らは、熱中することもなく、のろのろと囚人たちを撃ち殺していった。囚人は各自穴に近づいて首すじをさしのべねばならなかった。赤ん坊は宙に放り投げられ、軽機関銃がこれを標的にして火を噴くのであった。これはガリチアのコロマイに近い森林でのことであった。彼自身は、《堂守りのモシェ》は、どのようにして逃亡に成功したのか。奇蹟的であった。脚に負傷した彼は、死んだものと思われたのである……。

幾日も、また幾夜ものあいだ、彼はユダヤ人の家から家へ回り歩いて、行く先々で、三日間臨死の苦悶を味わった少女マルカの話や、息子たちより先に殺してくれと嘆願していた洋服屋のトビーの話を語って聞かせたのである……。

モシェはすっかり変わっていた。彼の目にはもう喜びが映ってはいなかった。彼はもう歌わなくなった。彼はもう〈神〉のことも〈カバラー〉のことも私に話してはくれず、ただ自分の見てきたことだけを話した。人々は、彼の話を本気にするどころか耳を藉そうともしなかった。

「あの男ときたら、私たちに自分の境遇を哀れがらせようとしているのだ。なんという想像力だろう……」

あるいはまた――

「かわいそうに、あの男は気が変になったのだ」

そして彼は、涙を流すのであった。

「ユダヤ人のみなさん、私の言うことを聞いてください。お願いするのは、ただそれだけです。金もいりません、憐れみもいりません。ただどうか、話を聞いてください」。彼は薄明の祈りから夕べの祈りまでのあいだ、会堂のなかでそう叫んでいた。

私自身からして、彼の言うことを本気にしてはいなかった。私は夕べの勤行のあとで、しばしば彼と並んで坐り、彼の話に聞き入って、悲しみのほどを理解してあげようと努めるのであった。私はたんに、彼のことをかわいそうに思っていたにすぎない。

「おれは気が変だと思われている」。彼はそう呟くのであった。そして蠟の滴のように、涙が目から垂れ落ちるのであった。

あるとき、私は彼にこう問いかけた。

「なぜそんなに、自分の言うことをみんなに信じさせたいの。ぼくがあなたの立場にいたら、信じてもらえてても信じられなくても平気だろうがなあ……」

彼は時間から逃れようとでもするように目を閉じた。

「あんたにはわからないんだよ」と、彼は絶望をこめて言った。「あんたにはわかりっこないんだ。おれは助かった、奇蹟的に。首尾よくここまで戻ってくることができた。その力をどこから汲みとったのだろうか。シゲットに戻って、あんたたちにおれの死を話して聞かせたかったんだ。あんたがたがまだ間にあううちに仕度をしておけるようにと思ってね。生きるって？　おれはもう命には執着がない。おれはひとりきりだ。でも、戻ってきてあんたたちに警告したかったんだ。ところがね、だれも耳を藉してくれない……」

それは一九四二年の末ごろのことであった。

それから生活はまた平常どおりに戻った。私たちが毎晩聞いていたロンドン放送は、心楽しいニュースを告げていた。——ドイツにたいする連日の爆撃、スターリングラード、第二戦線の準備。そして私たちシゲットのユダヤ人はというと、いまやときならずして来ようとしているよりよい日々を待っていた。

私はひきつづき勉強に専念していた。昼間は〈タルムード〉の、そして夜は〈カバラー〉の勉強。父は商売とユダヤ人共同体のことで忙しかった。祖父が、有名なボルシェのラビの司式する勤行にいっしょに出席できるように、私たちのところへ新年のお祭りを過ごしにやってきたりした。母は、そろそろヒルダのためにだれかふさわしい若者をみつけてやる潮時だ、と考えはじめていた。

こうして一九四三年が過ぎていった。

一九四四年春。ロシア戦線からの輝かしいニュース。ドイツの敗北については、もはやいかなる疑念も残っていなかった。もっぱら時間の問題であった。何ヵ月か、もしかすると何週間かの問題。樹々には花が咲き満ちていた。ほかのじつに多くの年と同じような年であった。春がきて、婚約、結婚、誕生があった。

人々はこんな話をしていた。

「赤軍は巨人のような足どりで前進している……。ヒトラーはたとえそうしたくても、われわれに害を加える力がないだろう……」

そう、彼にわれわれを絶滅する意志があるのかどうかさえ、われわれは疑っていたのである。彼は、一民族すべてをみな殺しにしようというのか。かくも多くの国に散らばっている民を絶滅しようというのか。何百万、何千万もの人たちを！　どんな手段をもってするのか。しかも二十世紀のさなかに！

それゆえ人々は、あらゆることに――戦略に、外交に、政治に、シオニズムに――関心を寄せていながら、自分自身の境遇には無関心だったのである。

《堂守りのモシェ》すらもう黙っていた。話し疲れたのであった。彼は目を伏せ、背中を屈め、人々に目を向けないようにしながら会堂内や通りをさまよい歩いていた。

この時期には、まだパレスチナへの移住許可証を買うことができた。私は父に向かって、なにもかも売り払い、いっさいを引き払って出かけようと、頼んでみたことがあった。「いいかね坊や、私ももう歳だ」と、父は私に答えた。「この歳で、新しい生活を始めることなどできはしない。この歳では、遠い国でゼロから再出発するなんてことはできない……」

ブダペスト放送は、ファシスト党による政権奪取を発表した。ホルティ・ミクロシュ*は、ニラシユ党〔矢十字党。ハンガリーのファシスト政党〕党首に新政府組閣を要請せざるをえなかった。

それだけではまだ私たちを不安がらせるまでにいかなかった。たしかに、前にもファシストの噂を聞いたことはあったのだが、それは依然として抽象の域を出なかった。ただの内閣更迭としか思えなかった。

翌日、もうひとつの憂慮すべきニュースが届いた。ドイツ軍部隊が政府の同意を得てハンガリー領土に入り込んだ〔三月十九日〕というのである。

そこかしこで不安が目ざめかけていた。家族の友人のひとりであるベルコヴィッチが首府から帰ってきて、私たちにこう物語った。

＊ 一八六八―一九五七。ハンガリーの提督、政治家。第一次世界大戦中、オーストリア＝ハンガリー艦隊の総司令官。一九一九年、ハンガリー国軍総司令官。ルーマニア軍兵力を国外に放逐した。一九二〇年三月、ハンガリー摂政に就任。民主主義者ではなかったがナチズムには批判的であった。ハンガリーがドイツに占領されたのち、一九四四年十月、単独講和を図って失敗し、バイエルンに監禁された。

「ブダペストのユダヤ人は、危惧と恐怖とに満ちた雰囲気のなかで暮らしています。街路や列車内で、毎日毎日反ユダヤ主義のいざこざが起こりましてね。ファシストがユダヤ人の商店や会堂に攻撃をかけたりして。情勢はたいへん重大になりかけています……」

こうしたニュースが燎原の火のようにシゲットの町に広がっていった。やがて、どこへ行ってもその噂が出るようになった。しかし、長続きしなかった。楽天論がすぐに息を吹き返したのである。

「ドイツ軍はここまで来はしないさ。ブダペストに留まっているだろう。戦略的理由からいっても、政治的理由からいっても……」

三日とたたぬうちに、ドイツ軍の車輛は私たちの町の通りに姿を現した。

不安。ドイツ兵たち——鋼鉄の兜をかぶり、その徽章は頭蓋骨。

それでいて、私たちがドイツ人から得た第一印象は、このうえなく安心のゆくものであった。将校たちは、個人の家に、しかもユダヤ人の家にさえ宿泊した。家主にたいする彼らの態度は、よそよそしくはあったが礼儀正しかった。彼らはけっして不可能な要求をせず、不愉快なものの言いかたをせず、ときには主婦に向かって微笑みかけることさえあった。ドイツ人将校がひとり、私たちの家の向かいの建物に住んでいた。彼はカーン家に部屋を借りていた。感じのいい人だ、穏やかで、人好きがし、礼儀正しい、という話であった。引っ越してきてから三日後、彼はカーン夫人に一箱のチョコレートを持ってきた。楽天論者たちは大喜びした。

「どうです。言ったとおりじゃありませんか。本気にしようとなさいませんでしたがね。あなたがたのドイツ人が来ているんですよ。どうお考えですか。彼らの有名な残酷さはどこにみられるのですか」

ドイツ人はすでに町のなかにいた。ファシストはすでに政権についていた。陪審員の評決はすでに宣告されていた。ところがシゲットのユダヤ人はまだ微笑んでいた。

過越祭《すぎこしのまつり》の週間。

すばらしい上天気であった。母は台所で忙しくしていた。もう開いている会堂はなかったから、みんな、個人の家に集まった。ドイツ人を挑発してはならなかったからである。事実上、だれの住居もすべて祈りの場となっていた。

飲み、食べ、歌った。聖書は私たちに、一週間のお祭りのあいだ楽しむように、しあわせにしているようにと命じていた。しかし、もう心はそこになかった。心臓は数日間このかた、以前より強く鼓動していた。もう無理にこんな喜劇を演じさせられなくてもすむよう、祭りが終わってくれるとよい、と思っていた。

過越祭の七日目、幕があいた。ドイツ人がユダヤ人共同体の重立った面々を逮捕したのである。

このとき以後、いっさいが非常に速やかに進展した。死へ向かっての競走がもう始まっていた。最初の措置――ユダヤ人は三日間自宅を離れてはならない、離れたばあいは死刑に処する。

《堂守りのモシェ》は私たちの家に駆けつけて、父に叫んだ。

「知らせておいてあげたのに……」。そして返事も待たずに、彼は逃げ失せた。

同日、ハンガリー警察がこの町のあらゆるユダヤ人の家に闖入した。――ユダヤ人はもう自宅に金・宝飾品・貴重品を所有していてはならない。いっさいを当局に引き渡さねばならぬ、もし引き渡さなければ死刑に処する、というのである。父は地下室に降りて貯えを埋めた。

家では、母があいかわらずいろいろ仕事に携わっていた。彼女はときおり手を休めては、声もなく私たちをみつめるのであった。

三日経ってから新しい政令が出た。――ユダヤ人はすべて黄色い星をつけねばならぬ。

共同体の名士が連れ立って父に会いに来て――父にはハンガリー警察の上層部に知りあいがあったから――状況をどう考えているかと尋ねた。父の見方はあまり暗いものではなかった――それとも、ほかの人たちを落胆させ、傷口に塩をすり込むようなことはしたくなかったのか。

「黄色い星ですって。なんですか、そんなもの。それで死んだりはしませんよ……」

(かわいそうなお父さん！ ではいったい、なんで亡くなられたのですか。)しかしすでに、数々の新しい法令が布告されていった。もはや私たちには、料理店や喫茶店に入ったり、鉄道旅行をしたり、会堂に行ったり、午後六時以後通りに出たりする権利はなかった。

ついで、今度はゲットーであった。


シゲットに二つのゲットーがつくりだされた。大きいほうは町のまんなかにあり、四筋の通りを占めていた。小さいほうは場末町にあり、いくつかの路地に広がっていた。私たちが住んでいた通り、すなわち蛇通りは前者の区域内に入っていた。そこで私たちは自分の家に留まった。しかし、この家は角地にあったから、外部の通りに面する窓を塞がねばならなかった。私たちは、自分の住居から追い立てられてきた親戚の人たちに幾部屋か譲った。

生活は少しずつ《平常どおり》に戻っていった。有刺鉄線が壁のように私たちをとり巻いていたが、それは実質的な心配をよびさましはしなかった。私たちはまあまあ居心地がよいとさえ感じていた。まったく仲間どうしだったから。ささやかなユダヤ共和国……。当局者はユダヤ人評議会、ユダヤ人警察、社会援助局、労働委員会、衛生部を——政府機構のすべてを——創設した。

だれもがすばらしがっていた。もうこれからは、あの敵意にみちた顔や、あの憎しみのこもったまなざしを目の前に見なくてもよい。心配も不安も、これでもうおしまいだ。ユダヤ人どうし、兄弟どうしで暮らしているのだ……。

たしかに、まだときどき不愉快なおりもあった。ドイツ人が毎日やって来て、軍用列車に石炭を積み込む人夫を連れていったのである。この種の作業には、志願者はごくわずかしかいなかった。しかし、そのことを別にすれば、雰囲気は安らかで、安心を誘うものであった。

戦争が終わるまで、赤軍が到着するまで、ゲットー内に留まることになるのだ、というのがみなの意見であった。そのあとは、なにもかももとに戻るだろう、というのであった。ゲットーに君臨していたのは、ドイツ人でもユダヤ人でもなく、——幻想であった。

ペンテコステ〔五旬祭〕に先だつ二度の土曜日には、春の陽ざしを浴びて、人々が雑踏する通りをのんきに散歩していた。みな陽気におしゃべりしていた。子どもたちは歩道で、榛の実をとばして遊んでいた。私は幾人かの仲間といっしょに、エズラ・マリクの家の庭で〈タルムード〉にかんするある論考の勉強をしていた。

日が暮れた。二十人ほどの人が、私たちの家の中庭に集まっていた。父はその人たちに向かって、逸話を話したり情勢にかんする自分の意見を述べたりしていた。上手な話し手だったのである。

とつぜん、中庭の戸口が細目に開くと、ステルン——もと商人で、警官になっていた——が入ってきて、父をわきへ連れていった。あたりに夕闇がたちこめかけていたのだが、私には父の顔が蒼ざめたのが見えた。

「なにごとですか」と、みなが彼に尋ねた。

「さっぱりわかりません。評議会の特別会議に呼び出されたのです。きっと、なにか起こったのでしょう」

父が私たちに話して聞かせていた楽しい物語は、それきり打ち切られることになった。

「すぐに行きます」と、父はことばを継いだ。「できるだけ早く帰ってきます。なにもかもお話ししましょう。お待ちください」

みな、何時間でも待つ気構えでいた。中庭は手術室の控えの間のようになった。みなは、戸口がふたたび開くのを、大空が開くのを見ようとして、ただひたすら待っていた。噂を聞きつけて、近所の人たちがほかにも何人か仲間入りした。みな、時計を見つめていた。時間は非常にゆるやかに過ぎていった。こうも長くかかる会議とは、いったいなにごとを意味しているのか。

「なんとなくよくない予感がするわ」と、母が言った。「今日の午後、ゲットーに見慣れない顔を見たんですよ。ドイツ人の将校が二人いたの、ゲシュタポの将校だと思うわ。私たちがここに来てから、将校はまだひとりだって姿を見せなかったのに……」

およそ夜中の十二時だった。だれひとり、寝に帰る気にはならなかった。何人かが自宅までひと走りして、なにも変わりがないかどうか見てきた。家に帰った人もいるが、その人たちは父が来たらすぐ知らせてほしいと頼んでいった。

とうとう戸口が開き、顔蒼ざめて、父が姿を現した。たちまちとり囲まれた。

「話してください！　なにが起こったのか言ってください！　なにか言ってください……」

この瞬間、なにか安心のゆく一言を、心配のたねはないとか、さっきの集会はこのうえなく平凡でありきたりなものだったとか、社会・衛生問題がとりあげられたとか語る一句を、言ってもらいたくてたまらなかったのである……。しかし、父の引きつった顔を見ただけでも、明白な事実に屈伏せざるをえなかった。

「恐ろしい知らせです」と、父はとうとう知らせた。「移送です」

ゲットーを完全に引き払わねばならない。出発は翌日から一街路ずつあいついで行う、とのことであった。

みな、なにもかも知りたがった。細々したことまですっかり知りたがった。この知らせに、私たちは肝を潰しながらも、この苦い酒を澱《おり》まで飲み干さずにはいられなかった。

「どこへ連れられていくのでしょうか」

それは秘密であった。ただひとりユダヤ人評議会議長以外の全員にとって、秘密であった。ところが、議長はそれを語りたがらなかった、語ることができなかった。ゲシュタポが彼に、もし話せば銃殺だと威したからである。

父は力のない声で言いだした。「ハンガリーのどこだかへ移送されて煉瓦工場で働かされる、とかいう噂が広まっていますね。ここでは前線が近すぎる、というのが理由らしいですが……」

そして、ちょっと黙り込んでから、彼はつけ加えた。

「各自、身のまわり品しか持っていってはならないのです。リュックサック、食べ物、衣類若干。そのほかは、なにもいけないのです」

そして、もう一度、重苦しい沈黙。

「近所の人たちを起こしにいってください」と、父は言った。「仕度していただかねば……」

私のそばにいた幾人かの影が、長い眠りから目ざめたように動きだした。彼らは黙ったまま四方八方に散らばっていった。

ちょっとのあいだ、私たちだけになった。とつぜん、バティア・ライヒが部屋に入ってきた。私たちの家に暮らしていた親類の女だ。

「だれかが塞いだ窓を叩いています、外に面している窓を！」

だれが叩いたのか、戦後になってやっと私は知った。その人は父の友人で、ハンガリー警察の刑事だったのである。私たちがゲットーに入るまえに、彼はこう言ってくれたのであった。「安心なさってください。なにか危険が迫ったらお知らせいたしますから」。もし彼がその晩私たちに話ができたとしたら、そのときならまだ逃げられたかもしれない……。しかし、ようやく窓を開けることができたときには、もう遅すぎた。外にはもはやだれもいなかった。

ゲットーは目を覚ました。ひとつ、またひとつ、窓のうしろで明かりが点った。

私は父の友人のひとりの家に入った。私はそこの主人を呼び起こした。灰色の髯を生やし、夢みるような目つきの、長いあいだ夜明かしの勉強を続けたために背中がかがまった老人であった。

「起きてください、小父さん。起きてください！　旅仕度をなさってください。明日は放逐されるのです。あなたも、ご家族も。あなたが、そしてユダヤ人だれもが。どこへですって？　それはお聞きにならないでください、小父さん。私にはものをお尋ねにならないでください。返事をさしあげられるのは、〈神さま〉だけでしょうよ。後生ですから起きてください……」

彼には私の言っていることがなにもわからなかった。たぶん、私が正気を失くしたとでも思っていたのであろう。

「なんの話だね。出発の仕度だって？　どこに出かけるのさ。なぜだね。どうしたのかね。おまえ、気が変になったのかい」

いまだになかば眠ったまま、彼は恐怖にみちた目つきでじろじろ私の顔を見た。まるで私がいまにも吹きだして、しまいにこう打ちあけるのを待ち受けていたかのようである。

「また横になられていいですよ、おやすみなさい。夢をごらんなさい。ぜんぜんなにも起こりはしなかったのです。ただの茶番だったのです……」

私は咽喉がからからになり、ことばが詰まって出てこず、唇がしびれていた。私はもう、彼になにも言うことができなかった。

そのとき、彼は理解した。彼は寝台から降りて、自動人形めいた動作で着替えだした。ついで彼は、妻の眠っている寝台に近づき、言いようなくやさしく彼女の額に触れた。彼女は瞼をあけた。彼女の唇を微笑がかすめたような気がする。彼はそれから、二人の子どもの寝台のほうに行くと、いきなり呼びさまして夢から引き離した。私は逃げだした。

時間は全速力で過ぎていった。すでに午前四時だった。父は疲れ果てながらも左右に走りまわり、友人たちを慰め、ユダヤ人評議会に駆けつけて、合間に法令が撤回されなかったか確かめにいった。土壇場まで、人々の心のなかには安心の芽が残っていた。

婦人たちは、卵を茹で、肉を焼き、菓子をつくり、リュックサックをこしらえた。子どもたちは、どこにいたらいいか、どこに居場所を見つけたら大人の邪魔にならずにすむかわからなくて、うなだれてあちこちふらふら歩きまわっていた。私たちの家の中庭は、まるで市が立ったようになっていた。貴重品、高価な絨毯、銀の枝付き燭台、祈禱書、聖書、その他さまざまの聖具が、すばらしく青い空のもとに、埃っぽい地面に散乱していた。これまでだれの持ち物でもなかったように見える、憐れな品物となって。

　午前八時、溶けた鉛のような疲労が、血管に、手足に、頭脳にこびりついていた。私がお祈りをしているさなかに、とつぜん通りで叫び声がした。私は経札《フィラクテール》〔聖句を記した羊皮紙を入れた二つの小箱〕をすばやく片づけて窓に駆け寄った。ハンガリー人憲兵たちがゲットーに入り込んで、隣の通りでどなっていたのである。

「ユダヤ人全員、外へ！　ぐずぐずするな！」

　ユダヤ人の警官たちが家々に入って、元気のない声で告げていた。

「時が来ました……。なにもかも置きざりにしていかねば……」

　ハンガリー人憲兵たちは銃床や棍棒で、だれかれかまわず、理由もなく、左右にいる老人や婦女子、身体障害者まで殴りつけるのであった。

　家々はあいついでからっぽになっていき、そして通りは人と荷物とでいっぱいになっていった。十時には、移送囚すべてが外に出ていた。憲兵たちは一回、二回、二十回と点呼を行った。ひどく暑かった。だれもかれも、顔もからだも汗だくになっていた。

　子どもたちは水を欲しがって泣いていた。

　水！　屋内にも、中庭にも、水はごく手近にあったのに、列を離れることは禁じられていた。

「水、ママ、水！」

ゲットーのユダヤ人警官たちは、こっそりといくつかの水差しに水を満たしにいくことができた。姉たちと私とは、最後の輸送隊に予定されていたため、まだ動きまわってもかまわなかったので、できるだけ彼らの手助けをした。

とうとう午後一時に、出発の合図が下された。

嬉しがった。そう、嬉しがった。たぶん彼らは、こう考えていたのだ。ぎらぎら光る太陽のもと、通りのまんなかで、荷物に囲まれて敷石に坐っているなんて、〈神さま〉のお作りになった地獄にもこれよりひどい苦しみはない、どんなことでもこれよりはましだ、と。見捨てていく通りや、からっぽになって火の消えた家々や、庭や、墓石には目もくれずに、彼らは歩きだした……。めいめいリュックサックを背負って。だれの目にも、涙に曇った苦悩が宿っていた。ゆっくり、おもおもしく、行列はゲットーの門のほうへ進んでいった。

そして私は、歩道にいて、身じろぎひとつできぬままに、彼らが通ってゆくのを眺めていた。あそこに、背中をかがめ、髯を剃り、布でくるんだ小荷物を背負った大ラビがいる。追放されてゆく人たちのなかに彼がいるだけで、この場面を現実離れした光景に見せるのに十分であった。バビロンの幽囚なりスペインにおける異端審問なりをめぐる、なにかの読み物の本か歴史小説から剥ぎとった一ページを見ているような感じがした。

学び舎の先生や、友だちや、その他の人々が、私が怖がったことのあるすべての人たち、私がいつか笑いものにしたかもしれぬすべての人たち、何年ものあいだいっしょに暮らしてきたすべての人たちが、つぎつぎと私のまえを通っていった。惨めな境涯に落ち、リュックサックを引きずり、それぞれの人生を引きずり、それぞれの団欒の場や幼年時の歳月を見捨て、うち据えられた犬のように背中をかがめて、彼らは立ち去ってゆくのであった。

彼らは、私を見向きもせずに通っていった。きっと、私を羨ましがっていたのだ。

行列は通りの曲がり角で見えなくなった。さらに数歩先で、ゲットーの壁の向こうへ越えて出たのである。

通りは大急ぎで見捨てられた市場にも似ていた。そこにはどんなものでも見いだすことができた——スーツケース、書類鞄、道具袋、庖丁、皿、紙幣、書類、黄ばんだ肖像写真など。かたときのま、持っていく気になったものの、とうとう置き去りにしてしまったこれらすべての品物。それらは、いっさいの価値を失ってしまっていた。

いたるところで、部屋があけっ放しになっていた。ドアや窓がぽっかり口をあけて、空虚に面していた。あらゆるものがあらゆる人々のものであった。もはやだれのものでもなかったから。選りどり見どりであった。あばかれた墓。

夏の陽射し。

私たちはなにも食べずにその日を過ごしたのであった。しかし、あまり空腹ではなかった。疲れきっていたのである。

父は移送囚たちにつき添ってゲットーの門まで行ってきた。彼らはまず大会堂に立ち寄らされ、金、銀、その他の貴重品を持って出なかったかどうか見るため、そこで綿密な所持品検査を受けたのであった。神経の発作を起こす者がおり、いくたびか棍棒が揮われたのであった。

「ぼくたちの番はいつかしら」と、私は父に尋ねた。

「あさってだよ。ただし……ただし、もしや、ものごとが具合よく行くとすると……。もしかすると奇蹟が……」

人々はどこへ連れていかれるのかしら。まだ行き先を知らないのかしら。そう、知らないのだ、秘密はかたく守られていた。

もう日が暮れていた。私たちはその晩は早くから床に就いた。父はこう言ったのである。

「みんな落ちついて眠るんだよ。まだやっと、あさっての火曜日のことだからね」

月曜日という日は、まるで夏空のひとひらの雲のように、明け方早く見る夢のように過ぎていった。

リュックサックの支度をしたり、パンやパンケーキを焼いたりするのに忙しくて、私たちはもうなにごとも考えてはいなかった。評決はすでに宣告されていたのである。

晩方、母は私たちをごく早く寝かせつけた。力を蓄えておくためよ、と母は言った。家で過ごす最後の夜であった。

明け方、私は起きあがった。追い出されないうちにお祈りをしておきたかったのである。

父は、私たちみなよりも早く起きて、情報を求めに出かけていた。父は八時ごろ帰ってきた。吉報であった。——今日、町を離れるわけではない。ただ、小ゲットーへ移るだけのことだ。そちらに行って最後の輸送の便を待つことになる。私たちの通りの者がいちばん最後に出発する、とのことであった。

九時、日曜日の情景がまた始まった。棍棒を持った憲兵たちがどなった。「ユダヤ人は全員外へ！」

私たちは用意ができていた。私はまっさきに外に出た。両親の顔を見たくなかったし、涙にくれたくはなかったのである。一昨日、先に行った人たちがそうしていたように、私たちも通りのまんなかに腰を下ろしたままでいた。地獄の陽射しも同じであった。渇きも同じであった。しかし、水を持ってきてくれる人はもうだれもいなかった。

私は私たちの家を眺めていた。私はまさにこの家で何年かを過ごして、私の〈神〉を探し求め、メシヤの到来を早めるために断食し、また私の一生がどうなっていくか想像したのであった。悲しいとは、あまり思わなかった。私はなにも考えてはいなかった。

「起立！　点呼！」

立った。数えられた。腰を下ろした。また立った。ふたたび地べたに。きりがなかった。私たちはいまかいまかと、連れられてゆく時を待っていた。なにを待っていたのか。とうとう、命令がやってきた。「前へ進め！」

父は涙を流していた。父が涙を流すのを見るのは、私にはこれが初めてであった。父にそんなことがありうるとは、それまで思ってもみたことがなかった。母はというと、硬ばった顔つきをして、ひとことも口を利かずに、もの想いにふけりながら歩いていた。私は、妹を、金髪にきちんと櫛を入れ、赤いコートを腕にかけた妹のツィポラをみつめた。七歳の女の子。背中には、この子には重すぎる袋を背負っていた。歯を喰いしばっていた。泣きごとを言ってもなんにもならないのを、この子はすでに知っていた。憲兵があちこちで棍棒を見舞っていた——「もっと急げ！」私にはもう力がなかった。道は始まったばかりなのに、私はすでに、自分がどうにも力が弱っているのを感じていた……。

「もっと急げ！　もっと急げ！　ろくでなしめ、どんどん進め！」ハンガリー人憲兵たちがそうどなっていた。

まさにこの瞬間、私は彼らを憎みはじめた。そして私の憎しみは、今日もなおたがいを結びあわせている唯一のものなのである。彼らは私たちにたいする最初の圧迫者であった。彼らは地獄と死とが見せた最初の顔であった。

私たちは走るように命ぜられた。私たちは早駆けの歩調をとった。私たちにこんなに体力があるとは、それまでだれにも思いもよらなかったであろう。窓のかげから、鎧扉のかげから、同郷人たちは私たちが通っていくのを眺めていた。

私たちはとうとう目的地に着いた。リュックサックを地べたに放りだして、みな力なく坐り込んだ。

「〈神〉よ、〈宇宙の主〉よ、おん身のおおいなるご慈悲もて、われらを憐れみたまえ……」


小ゲットー。三日前には、まだここに人が住んでいた。私たちが使っている器物はその人たちのものであった。その人たちは追いたてられてしまったのである。私たちはその人たちのことを、すでに完全に忘れきっていた。

大ゲットーのばあいより、混乱はさらにいっそう甚だしかった。住民はきっと、だしぬけに追い出されたのだ。私は、叔父の家族が住んでいた幾部屋かを訪れてみた。テーブルにはまだ食べ尽くしてない一皿のスープがあった。竈に入れるまでになった捏粉があった。床には本が散らばっていた。おそらく叔父は、それらの本を持ってゆく気になったのであろうか。

私たちは暮らしの場に落ちついた。（なんということばであろうか！）私は薪を探しにいき、姉たちは火を起こした。疲れていたのに、母は食事の支度にとりかかった。

「しっかりしなきゃ、しっかりしなきゃ」と、母は繰り返していた。

人々の気力は、芯から衰えてはいなかった。すでに状況に慣れかけていた。通りに出た人たちは、心の赴くままに、楽観的な意見を述べたてていた。ドイツ野郎どもにはもうわれわれを追いたてる暇がなかろう、と語っていた……。残念ながら、すでに移送されてしまった人たちについては、もはや手の施しようがない。しかしわれわれにたいしては、彼らだってたぶん、戦争が終わるまでここで惨めな暮らしを細々と続けてゆくのを勘弁してくれるだろう、というのであった。

ゲットーには監視がついていなかった。だれもが自由に出入りできた。もと私たちのところで女中をしていたマリアが会いに来てくれた。彼女は熱涙を流しながら、自分の村に来てほしいと私たちに嘆願した。彼女はそこに、私たちのために安心できる隠れ場を準備しておいた、というのである。父はその話を聞きたがらなかった。父は、二人の姉と私とに言った。

「もしそうしたければ行ってもいい。私はママとこの子といっしょにここにいるよ……」

もちろん、私たちは別れ別れになることを拒んだ。

夜。夜が早く過ぎてゆくようにと祈るものはだれもいなかった。星々は、私たちを食らい尽くす巨大な火から散った火花にすぎなかった。いつかこの火が燃え尽きようものなら、空にはもはやなにものもないであろう、燃え尽きた星々、数々の死んだ目しかないであろう。

寝床に、いなくなった人たちの寝床に入るよりほか、なすべきことはなにもなかった。休息し、力をつけるのみ。


明け方には、この憂鬱な気分はもうあとかたもなくなっていた。まるで休暇旅行にでも来たような感じであった。人々は語っていた。

「わからんぞ。われわれを移送するのは、われわれによかれと思ってのことかもしれん。前線はもうあまり遠くない、いまに砲声が聞こえるようになるよ。そういうわけで、民間人は撤退させられるのさ……」

「たぶん彼らは、われわれがゲリラになるのを恐れているんだね……」

「ぼくの考えでは、この移送騒ぎはすべて、大がかりの道化芝居以上のなにものでもない。そうなんだよ、笑わないでくれ。ドイツ野郎どもはわれわれの宝飾品をくすねたいだけの話。ところで連中は、なにもかも埋めてあるんだから、掘り返しさえすればいい、ということを知っているんだ。家主が休暇旅行中のほうがやさしいものね……」

休暇旅行中とは！

だれも本気ではなかったのだが、そんな楽天的な話をしながら時間をやり過ごすことができた。私たちがここで暮らした幾日かは、平穏裡にかなり快適に過ぎていった。おたがいどうしの関係は、このうえなく親しみのあるものとなった。もはや金持ちも、名士も、《お歴々》もいなかった。ただたんに、同一の刑——いまだに知らされていない——に定められた囚人がいるばかりであった。

安息日である土曜日が、私たちの放逐のために選びだされた日であった。

その前夜、私たちは金曜日の晩の伝統的な食事をしたためた。慣わしどおりパンと葡萄酒とに祝福のことばを捧げ、そして口を利かずにご馳走を頬ばったのであった。一家揃って食卓を囲むのはこれが最後であったし、そのことを感じとってもいた。私は寝つかれぬままに、いろいろな思い出やもの思いを手繰りだしながら夜を過ごした。

明け方、私たちは出発の仕度をして通りに出ていた。今度は、ハンガリー人憲兵はいなかった。ユダヤ人評議会との話しあいがついて、評議会がいっさいを自治的に組織してゆくことになっていた。

私たちの隊列は大会堂めざして進んだ。町は人けがなくなったかに見えた。しかし、鎧扉のかげでは、おそらく昨日までの友人たちが、私たちの家に押しかけて掠奪できる時を待ちうけていたのである。

会堂は大きな駅に似た感じとなった――荷物や涙のせいである。祭壇は打ち壊され、綴れ織りは剝ぎとられ、壁はむき出しになっていた。あまり人数が多くて、息をするのがようようであった。そこで過ごした、ぞっとするような二十四時間。男は階下に、女は二階にいた。土曜日であった――まるで勤行に列席しに来たかのようであった〔ユダヤ教では安息日は金曜日の日没に始まる。土曜日には、信者は会堂に赴いて勤行に列席する〕。外に出られないので、人々は隅に行って用を足した。

翌朝、私たちが駅のほうへ歩いてゆくと、一列車ぶんの家畜用貨車が私たちを待ちうけていた。ハンガリー人憲兵は、貨車一台につき八十人ずつ私たちを乗り込ませた。彼らは数個の丸パンと、バケツ数杯の水とを置いていった。窓の格子を点検して、しっかり打ちつけてあるかどうか見ていった。貨車は封印された。貨車ごとに、一名の責任者が指名してあった。もしだれかが逃亡したら、その責任者が銃殺されることになっていた。

プラットフォームには、満面に笑みを湛えたゲシュタポの将校が二人ぶらついていた。結局、ことは無事に運んだのであった。

ながながと尾を引く汽笛が大気をつんざいた。車輪が軋みだした。私たちは途についたのである。

第二章

横になるどころか、全員が腰を下ろすことさえ論外であった。順繰りに腰を下ろすことになった。空気は薄かった。窓ぎわにいた人たちは運がよかった。花ざかりの風景がつぎつぎと移ってゆくのが見えたからである。

まる二日も経つと、咽喉の渇きにさいなまれだした。ついで暑さが耐えがたくなってきた。いっさいの社会的拘束から解放されたために、若い人たちはあからさまに本能のいうなりになり、暗闇をいいことに私たちのただなかで触れ合うのであった。世界には自分たちばかりというふうで、だれのことも気にとめなかったのである。ほかの人たちはなにも見ないふりをしていた。

食糧は残っていた。しかし、だれもけっして食べたいだけ食べはしなかった。節約が、翌日のために節約するのが、私たちの原則であった。翌日はさらにひどくなるかもしれなかった。

列車はカシャウに止まった。チェコスロヴァキアとの国境にある小さな町である。そのとき私たちは、ハンガリー国内に留まるわけではないのを悟った。目から鱗が落ちたが、もう遅すぎた。

貨車の引き戸が開いた。ドイツ将校がひとり、姿を現した。その演説を通訳すべく、ハンガリー人の中尉がつき従っていた。

「ただいまから、おまえたちはドイツ軍の支配のもとに移る。いまだに金、銀、時計を所持している者は、いま引き渡さなくてはいけない。あとでなにかを身につけているのを発見された者は、たちどころに銃殺されることになる。第二——気分の悪い者は病院車に移ってよろしい。以上」

ハンガリー人の中尉は、私たちのあいだを籠を手にして通り、もはや恐怖の苦い味を味わいたくない者たちから最後の財産をとりあげた。

「貨車には八十人いる」と、ドイツ人将校はつけ加えた。「もしだれかひとりでも欠けたら、おまえたち全員、犬のように銃殺してやるぞ……」

彼らは姿を消した。ドアがふたたび閉ざされた。私たちは首まで罠に落ち込んでいた。ドアは釘づけされ、帰路は決定的に断ち切られていた。世界は一台の密閉した貨車となっていた。

私たちのあいだにシェーヒテル夫人とかいう人がいた。五十がらみの婦人で、十歳になる息子が一隅に蹲っていた。夫と上の二人の息子とは、手違いで最初の輸送隊といっしょに移送されていた。この別離のために、彼女は完全に動顛していた。

私は彼女をよく知っていた。彼女は何度か私たちの家に来たことがあった。穏やかな婦人だったが、燃えるような、張りつめた目をしていた。夫は敬虔な人で、昼も夜も学び舎で時を過ごしていた。そして家族を養うために、彼女が働いていたのである。

シェーヒテル夫人は正気を失くしてしまっていた。移送の旅の第一日に、彼女はすでに呻きはじめ、なぜ家族の者と引き離したのかと尋ねだした。のちには、その叫び声はヒステリックなものになってきた。

三晩目、私たちがもたれあいながら腰を下ろしたまま——何人かは立っていた——眠っていると、絹を裂くような叫び声が静寂をつんざいた。

「火だわ！　火が見える！　火が見える！」

一瞬、大騒ぎになった。だれが叫んだのか。シェーヒテル夫人であった。彼女は貨車のまんなかにいて、窓から射してくる淡い光をうけて、麦畠に突っ立つ一本のひからびた枯れ木にも似ていた。彼女は腕で窓を指さし、わめいていた。

「ごらん！　ほら、ごらん！　あの火を！　恐ろしい火だわ！　私をお憐れみください、あ、あ、あの火ったら！」

何人かの男が窓の格子に顔をすり寄せた。夜陰のほかにはなにもありはしなかった。

私たちは長いこと、この恐ろしい目ざめの打撃から立ち直れずにいた。そのせいで私たちはまだ震えていた。レールのうえで車輪が軋むたびに、いまにも私たちの足もとで深淵が口を開けそうな感じがした。不安を紛らすことができぬまま、私たちはこう思って自分の心を慰めようとした――「かわいそうに、あの人は気が変になったんだ……」。落ちつかせるために、彼女の額に濡らしたぼろ布があてられた。彼女はそれでもわめきつづけていた。――「あの火！　あの火事！……」

幼い男の子は、母親のスカートにしがみつき、手をまさぐりながら泣いていた――「なんでもないんだよ、ママ！　なんでもないんだよ……。坐ってよ……」。私にとっては、母親の叫び声よりこのほうがいっそう胸にこたえた。女たちは彼女の気を鎮めようと努めるのであった――「いまにまた会えますよ、旦那さんにも息子さんたちにも……。何日かしたらね……」

彼女は喘ぎながら、啜り泣きで声を途切らせながら叫びつづけていた。――「ユダヤ人のみなさん、私の言うことを聞いて。火が見えるの！　なんという炎！　なんと燃えさかって！」あたかも呪われた魂が彼女の内側に入り込んで、彼女の存在の奥底から口を利いているかのようであった。

私たちは、彼女を慰めるためというより、むしろずっと、自分自身の心を落ちつかせるために、自分自身がふたたび息ができるようになるために、なんとか説明をつけようとした。「かわいそうに、きっとひどく咽喉が渇いているんだねえ！　そのせいなんだよ、身をさいなむ火のことを口にするのは……」

しかし、なにをしても無駄であった。私たちの恐怖は、貨車の壁がいまにも張り裂けそうに高まっていった。神経が参りそうであった。皮膚がひりひりしていた。私たちまで、狂気に呑み込まれそうであった。もうどうにもならなかった。幾人かの若者が力ずくで彼女を坐り込ませ、縛りあげ、口に猿轡を嵌めた。

静寂が戻ってきた。男の子は母親のそばに坐って涙を流していた。私は呼吸がふだんどおりになりかけた。車輪がレールの継ぎ目ごとに、夜陰をつらぬいて走る列車の単調なリズムを打っているのが聞こえてきた。ふたたび、うとうとしたり、休息したり、夢を見たりできるようになっていった……。

一、二時間がこうして経っていった。新しい叫び声があがり、私たちの息を断ち切った。あの婦人が、縛めをふりほどいて、まえよりも強くわめいていた。

「あの火をごらん！　炎、どこもかしこも炎……」

もう一度、若者たちは彼女を縛りあげ、猿轡を嵌めた。何発か殴りつけさえした。人々は若者たちを励ますのであった。

「この気違い女め、黙らせにゃあ！　口に蓋をさせろ！　この女ひとりじゃないんだからな！　口を縫っちまえ！……」

彼女は頭に拳骨を幾発か見舞われた。殺しかねない拳骨だった。男の子は叫びもせず、ひとことも口を利かずに彼女にしがみついていた。もう涙さえ流していなかった。

果てしない夜であった。明け方ごろになって、シェーヒテル夫人は落ちついてきた。彼女は一隅に蹲り、うつろなまなざしで虚空を探っていたが、彼女にはもう私たちが見えていなかった。日がな一日、彼女はおし黙り、放心し、私たちから孤立して、ずっとそうしていた。日が暮れるとすぐ、彼女はまたわめきだした。――「火事よ、ほら！」彼女は虚空の一点、あいかわらず同じ一点を指さしていた。人々は殴り疲れていた。暑さ、渇き、ひどい悪臭、空気不足が、私たちを息詰まらせていた。しかし、心をひき裂くあの叫び声と較べたら、そんなことはなんでもなかった。もし、さらにあと何日か続いたら、私たちもやはりわめきだしたであろう。

しかし、とある駅に着いた。窓ぎわにいた人たちが、停車場の名を私たちに教えてくれた。

「アウシュヴィッツ」

その名を以前に聞いたことのある者はだれもいなかった。

汽車はそのまま動かずにいた。午後がのろのろと過ぎていった。それから貨車の引き戸が開いた。水汲みのために、二人の男が降りることができた。

彼らが戻ってきて語るには、金時計と交換に、ここが終点なのを教わることができたという。ここで降ろされることになろう。ここには労働キャンプがある。条件はよい。家族は引き離されないですむ。若い者だけが工場に行って働くのだ。老人と病人とは畑仕事をさせられることになろう、とのことであった。

安心のバロメーターが急上昇した。これまでの幾夜かのあらゆる恐怖からたちまち解放されたのである。口々に〈神〉に感謝を捧げた。

シェーヒテル夫人は、ちぢこまり、押しだまり、みなの安心をよそに一隅にじっとしていた。子どもが彼女の手を撫でていた。

たそがれが貨車のなかにたちこめだした。私たちは食糧品の残りを食べにかかった。晩の十時に、それぞれしばらくまどろむのに都合のいい姿勢を探し求めた。そしてまもなく全員が眠った。だしぬけに——

「火よ！　火事だわ！　ごらん、あそこ！……」

ぎくっとして目を覚まし、私たちは窓辺に突進した。今度もまた、ただの一瞬とはいえ、私たちは彼女のことばを信じたのであった。しかし、外には暗夜しかなかった。恥ずかしい思いをして、われにもあらず恐怖に胸を蝕まれつつ、私たちはそれぞれもとの場所に戻った。彼女がわめきつづけるので、私たちはまた彼女を殴りだした。そしてやっとのことで、私たちは彼女を黙らせることができた。

私たちの貨車の責任者は、プラットフォームを歩いてゆく一人のドイツ将校を呼びとめ、病人を病院車へ運んでいってほしいと頼んだ。

「辛抱しろ」と、相手は答えた、「辛抱するんだ。いまに運んでいってもらえる」

十一時ごろ、列車はふたたび動きだした。みな窓辺に寄り集まっていた。貨物列車はゆっくりと進んでいった。十五分後、ふたたびスピードが落ちた。窓から有刺鉄線が見えた。そこがきっと収容所なのだとわかった。

私たちはシェーヒテル夫人の存在を忘れてしまっていた。そこへだしぬけに、恐ろしいわめき声が聞こえたのである。

「ユダヤの人たち、ごらん！　火をごらん！　炎だよ、ごらん！」

列車は先ほどから止まっていて、こんどこそ、私たちは見た。炎が高い煙突から出て、黒い空へたちのぼってゆくのを。

シェーヒテル夫人は自分から黙ってしまっていた。彼女はまた無言に戻り、無関心のていで、放心して自分の一隅に戻っていた。

私たちは暗夜のなかの炎を見つめていた。いやな臭いが空気中にただよっていた。だしぬけに貨車の戸が開いた。縞の服を着、黒ズボンをはいた奇妙な連中が貨車のなかに躍り入った。手に手に懐中電燈と棍棒とを持っていた。彼らはまず右、左と殴りにかかり、それから叫んだ。

「全員下車！　なにもかも貨車に置いてゆけ！　急げ！」

私たちは外に飛び降りた。私はシェーヒテル夫人のほうに最後の一瞥を投げかけた。男の子が彼女の手を握っていた。

私たちのまえには、あの炎。空気中には、肉の焦げているあの臭い。夜中の十二時にちがいなかった。私たちは到着したのであった。ビルケナウに。

第三章

私たちがここまで引きずってきた大切な品物は、貨車のなかにとり残された。そしてそれらとともに、とうとう私たちの幻想も。

二メートルおきにひとりずつ、親衛隊員《エス・エス》が軽機関銃を私たちに突きつけて立っていた。私たちは手をとりあって群れについていった。

親衛隊の下士官が一名、棍棒を手にして私たちのほうにやってきた。彼は命じた。

「男は左！　女は右！」

落ちついて、冷淡に、無感動に発した四つの単語。簡単で短い四つの単語。ところがこのときこそ、私が母と別れた瞬間なのである。ものを思ういとまもなかった。父の手が私の手を握りしめているのを、すでに私は感じていた。私たちは二人きりになっていたのである。一秒の何分の一という時間に、母、姉、妹が右のほうへ向かってゆくのを、私は見ることができた。ツィポラはママンの手を握っていた。私は、母たちが遠ざかってゆくのを見た。母は、妹を守ろうとしているかのように、妹の金髪を撫でさすっていた。そして私はというと、父とともに、男たちとともに歩きつづけていた。この場所で、この瞬間に、母とツィポラと永久に別れることになろうとは、私はつゆ知らなかった。私は歩きつづけた。父が私の手を握っていた。

私のうしろで、一人の老人がくずおれた。そのかたわらで、親衛隊員が一名、拳銃をケースに納めているところであった。

私の手は父の腕にきつく食い込んでいた。思いはただひとつ。――父とはぐれまい。ひとりぼっちになるまい。

親衛隊の将校たちが私たちに命じた。

「五列に並べ」

ざわざわした。なんとしてでも離ればなれになってはならなかった。

「おい小僧、いくつだね」

一人の囚人が私にそう尋ねた。その顔は見えなかったが、声は倦げながら温かかった。

「十五です」

「違う。十八だ」

「違いますよ」と、私はまた言った。「十五です」

「ばかやろうめ。この俺さまの言うことをよく聞け」

それから彼は父に尋ねた。父は答えた。

「五十ですよ」

相手はさらにいっそう憤って、ことばを継いだ。

「違う、五十じゃない。四十だ。わかったかい。十八と四十だぞ」

彼は夜陰のなかに消え去った。二人目の囚人が呪詛を吐き捨てながらやってきた。

「犬の息子どもめ。おめえさんら、なぜ来たんだ。え、なぜだよ」

だれかが思いきって彼に答えた。

「なんだと思っているんですか。好きで来たとでも言うの？　来たいと頼んだとでも言うの？」

あと少しでも言い足したら、相手は彼を殺しかねなかった。

「黙りやがれ、豚の子め、さもないとこの場で押し潰しちまうぞ！　ここへ来るくらいなら、おめえさんらのいた所で首吊りすべきだったんだ。じゃあ、ここ、アウシュヴィッツにどんな用意ができているか、おめえさんらは知らなかったのかね。それを知らずにいたのかね。一九四四年にもなってさ」

そう、私たちは知らなかった。だれひとり、私たちにそんなことを話してはくれなかった。そう言うと、彼は耳が信じられないという顔をした。彼の口調はしだいに乱暴になっていった。

「見えるか、向こうのあの煙突が？　あれが見えるか。炎がよ、見えるか。（そう、私たちにはそれが、炎が見えた。）向こうだ、向こうへな、おめえさんら、連れていかれるんだ。向こうがよ、おめえさんらの墓さ。まだわかっていねえのかよ。犬の子どもめ、じゃあ、おめえさんらにはなにもわからんのか。いまに焼かれるんだよ！　黒焦げにされるんだよ！　灰にされちゃうんだよ！」

彼の憤激はヒステリックになっていった。私たちは化石したようにじっとしていた。これはなにもかも悪夢ではなかろうか。想像もつかぬ悪夢ではなかろうか。

ここかしこから、こんな囁き声が聞こえた。

「なにかしなきゃいかん。このまま殺されてはならん。家畜のように屠殺場に行ってはならん。反抗しなくては」

私たちのなかには、幾人かのがっしりした血気さかんな若者がいた。彼らは短刀を身につけており、仲間に向かって武装監視人に打ちかかっていこうと唆した。ある若者は言った。

「世界にアウシュヴィッツの存在を知らせなくては。まだここから逃れられる者すべてが、ここを知らなくては……」

しかし、最年長の人たちが子どもたちに向かって、ばかげたことをしないように嘆願するのであった。

「たとえ頭上に剣が吊るされていようとも、信頼の気持ちをなくしてはいけないよ。われわれの〈賢者たち〉はそうお話しになった」

反抗の風は鎮まった。私たちは歩きつづけて十字路まで来た。その中央にメンゲレ博士がいた。あの有名なメンゲレ博士（残忍な顔だちだが、知性がないわけでなく、片眼鏡をはめた、典型的な親衛隊将校）が、ほかの将校たちのまんなかに、オーケストラの指揮棒を手にして立っていた。その指揮棒はひっきりなしに、右へ、また左へと動いていた。

すでに、私は彼のまえに出ていた。

「歳はいくつ？」と、彼は尋ねた。おそらく自分では、父親らしい口調のつもりで。

「十八歳です」。私の声は震えていた。

「健康かね」

「はい」

「職業は」

学生と言ったものであろうか。

「農夫です」。自分がそう言っているのが聞こえた。

このやりとりは数秒以上は続かなかった。私には、永遠に続くような感じがした。

指揮棒は左へ向けられた。私は半歩まえに出た。まず、父がどちらに送られるか見たかった。右に行こうものなら、私は追いすがったであろう。

指揮棒は父のためにもう一度左のほうへ傾いた。私の心臓から重いものが落ちた。

左側と右側と、どちらの方角がよいのか、どちらの道が徒刑場に通じ、またどちらの道が焼却所に通じているのか、私たちはまだ知らなかった。それでいて、私はしあわせな気分がした。父のそばにいたからである。私たちの行列は進みつづけていた、ゆっくりと。

もう一人の囚人が私たちに近づいた。

「嬉しいかね」

「ええ」と、だれかが答えた。

「気の毒に、あんたたちは焼却所へ行くのさ」

彼はほんとうのことを語っているようにみえた。ほど遠からぬところで、穴から炎が立ちのぼっていた、巨大な炎が。そこでなにかを燃やしていた。トラックが一台、穴に近づいて、積み荷をなかに落とした。——幼児たちであった。赤ん坊！ そう、私はそれを見た、われとわが目で見たのであった……。子どもたちが炎のなかに。（その時以後、眠りが私の目に寄りつかなくなったとしても、いったい驚くべきことであろうか。）

では、あそこに私たちは行くのだ。もうすこし先のほうに、もっと広い、大人用の別の穴があるのだろう。

私はわれとわが顔をつねった。——まだ生きているのかしら。目が覚めているのかしら。どうしても、私はそうと信ずることができなかった。人間が、子どもたちが焼かれているのに、しかも世界が黙っているとは、どうしてそんなことがありうるのか。いや、なにもかも本当のはずがない。悪夢なんだ……。いまに、胸をどきどきさせながら、不意に目が覚めるのだろう、そして、はっと気がついたら、私は自分の子ども部屋にいて、私の本が見えてくるのだろう……。

父の声が聞こえて、私は自分の物思いから引き離された。

「残念だ……。残念だよ、おまえがお母さんといっしょに行かなかったのは……。わしは見たのだが、おまえと同じ歳ごろの子どもたちが大勢、母親といっしょに向こうへ行ったのだ……」

その声はおそろしく悲しげであった。これから私になされることを見たくないと父が思っているのが、私にはわかった。父は一人息子が焼かれるところを見たくなかったのである。

冷汗が父の額を覆っていた。しかし、私は父に言った。現代だもの、人間が焼かれるなんて思わない、人類はけっしてそんなことを許しておかないだろう、と……。

「人類だって。人類は私たちのことを気にとめていないのだよ。今日では、どんなことでも許されるのだ。どんなことでも可能なのだ、焼却炉でさえ……」。父の声は咽喉に詰まって出てこなかった。

「お父さん」と、私は父に言った。「もしそうなら、もう待っていたくないな。電流有刺鉄線のほうに行くよ。何時間もかかって炎のなかで悶え死にするくらいなら、そのほうがましだもの」

父は返事をしなかった。父は涙を流していた。そのからだは、揺すぶられるほどに震えがきていた。私たちのまわりでも、だれもかも涙を流していた。だれかが〈カディシュ〉、すなわち死者への祈りを誦しはじめた。ユダヤ民族の長い歴史において、人々が自分たち自身のために死者への祈りを誦するなどということがすでにあったかどうか、私は知らない。

「イイトガダル・ヴェイイトカダシュ・シュメ・ラバ……。〈御名〉の高められ、聖となさしめられんことを……」。父はそう呟いていた。

私ははじめて反抗心が身うちにふくれ上がるのを感じた。なぜ私は〈御名〉を聖とせねばならないのか。〈永遠なるお方〉〈宇宙の主宰者〉〈全能にして恐るべき永遠なるお方〉は黙っておられるのに、どうして私が〈彼〉に感謝を捧げることがあろう。

私たちは歩きつづけていた。少しずつ穴に近づいたが、そのなかからは地獄のような熱気が発散していた。あと二十歩。もし自殺したければ、いまこそその好機だ。私たちの縦列は、余すところ十五歩でそこに達する。私は顎の震えを父に聞かれまいとして唇を嚙みしめていた。あと十歩。八歩。七歩。まるで自分たちの葬列についていて棺のあとを行くように、私たちはゆっくりと歩んでいた。あと四歩しかない。三歩。いまや、私たちのすぐそばにあった、穴も、そして炎も。私は列外に飛び出して、有刺鉄線に身を投げかけんものと、残っているありったけの力を集めにかかった。私は心の底で父に、全世界に、別れを告げていた。そしてわれにもあらず、いくつかのことばが組み合わさり、呟きとなって私の唇を衝いて出るのであった。——イイトガダル・ヴェイイトカダシュ・

シュメ・ラバ……。〈御名〉の高められ、聖となさしめられんことを……。心臓がいまに破裂するぞ。さあ。死の天使と向かいあっているのだ……。

違った。穴から二歩のところで、私たちは左へ曲がるように命ぜられ、とあるバラックに入っていかされた。

私は父の手をきつく握りしめた。父は言った。

「列車にいたシェーヒテル夫人のことを憶えているかい」

この夜のことを、私の人生をば、七重に閂をかけた長い一夜に変えてしまった、収容所での第一夜のことを、けっして私は忘れないであろう。

この煙のことを、けっして私は忘れないであろう。

子どもたちのからだが、押し黙った蒼穹のもとで、渦巻きに転形して立ちのぼってゆくのを私は見たのであったが、その子どもたちのいくつもの小さな顔のことを、けっして私は忘れないであろう。

私の信仰を永久に焼き尽くしてしまったこれらの炎のことを、けっして私は忘れないであろう。

生への欲求を永久に私から奪ってしまった、この夜の静けさのことを、けっして私は忘れないであろう。

私の〈神〉と私の魂とを殺害したこれらの瞬間のことを、また砂漠の相貌を帯びた夜ごとの私の夢のことを、けっして私は忘れないであろう。

たとえ私が〈神〉ご自身と同じく永遠に生き長らえるべき刑に処せられようとも、そのことを、けっして私は忘れないであろう。けっして。


私たちが入らされたバラックはたいへん細長かった。屋根には青みがかった天窓がいくつか開いていた。地獄の控え室は、まさにこのような様相を呈しているにちがいない。じつに多くの狂いたった男たち、じつに多くの叫び、じつに多くの野獣的な残忍さ。

数十人の囚人が棍棒を手にして、ところ構わず、だれかれのおかまいなしに、なんの理由もなく叩きながら私たちを迎えた。命令が乱れ飛ぶ——「すっ裸になれ！　急げ！　出ろ《ラウス》！　ベルトと靴だけ手にしてこい……」

だれもがバラックの奥に衣服を投げ捨てねばならなかった。そこにはすでに衣類が山積みになっていた。ま新しい服もあり、古いのもあり、破れ裂けたコートもあり、ぼろ切れもあった。私たちにはまことの平等があった——裸体の平等が。寒さに震えつつ。

親衛隊の将校が何人か、がっしりした男を探しながら部屋のなかを歩き回っていた。強壮さがこんなに高く買われるのであれば、おそらく頑健だと思われるように努めねばならないのであろうか。父の考えは逆であった。人目につかないほうがよい。選び残しの者の運命が自分たちの運命になるだろう、というのである。（のちに、私たちの考えが正しかったのを知ることとなった。その日選びだされた人たちは、〈特別作業班《ゾンデル・コマンド》〉、すなわち焼却所で働く作業班に編入せられた。ベラ・カッツ――私の町の豪商の息子――は、私たちより一週間前に、第一陣に混ざってビルケナウに到着したのであった。彼は私たちの到着を知るとこんな伝言をよこした。彼は頑丈さのゆえに選びだされたために、自分の父親の死体をみずから焼却炉のなかへ運び込んだのだ、と。）

殴打があいかわらず雨のように降りかかってきた。

「床屋へ！」

ベルトと靴とを手にして、私はおとなしく床屋たちのほうへ引き立てられていった。彼らのバリカンは髪の毛を毟りとり、からだじゅうの毛を剃り落としていった。私の頭のなかでは、同じひとつの考えが唸りづめに唸っていた。――父から離れないこと。

床屋の手から解放されると、私たちは人込みのなかを彷徨いだし、あちこちで友人や知りあいに出会った。こうして出会うと、私たちは喜びで――そう、喜びで――胸がいっぱいになった。「ありがたい！　きみ、まだ生きていたんだね！……」

しかし、涙を流している者もいた。彼らは残った力を涙を流すために使っていたのである。なぜおめおめとここまで連れて来られたのか。なぜ自分の寝床で死んでしまわなかったのか。彼らの声は啜り泣きで途切れがちであった。

とつぜん、だれかが私の首に飛びついて抱きしめた。イェシエルであった、シゲットの町のラビの弟である。彼は熱涙を流していた。まだ生きているので嬉し泣きしているのだろう、と私は思った。

「泣かないでよ、イェシエル」と、私は彼に言った。「ほかの人たちのことは仕方ない……」

「泣かないでだって？　ぼくたちは死の敷居ぎわに立っているんだよ。まもなく内側に入るのさ……。わかるかい。内側だよ。どうして泣かずにいられるかい」

屋根の青みがかった天窓越しに、夜の闇が少しずつ退散してゆくのが見えた。私はもう怖くなくなっていた。それから、とても人間には耐えられないような疲労がおしかぶさってきた。

この場にいない人たちのことは、もはや私たちの記憶を掠めさえしなかった。彼らのことはいまだに話題になるにはなった――「あの人たちがどうなったか、だれか知ってるかしら」――だが、彼らの宿命のことは、だれもあまり気に留めていなかった。なにごとであれ、考える力がなくなっていた。五感が塞がれてしまい、いっさいが霧に包まれてぼやけていた。もはや縋りつけるものはなにもなくなっていた。自己保存や自己防衛の本能、自己愛――いっさいが逃れ去っていた。頭脳がこれを最後と明晰に働いた瞬間に、私にはこんな感じがした。自分は虚無の世界を彷徨している呪われた魂であり、みずからの贖罪を探しつつ、忘却を求めつつ——それを見いだせる希望もなく——子孫が絶え果てるまで幾代ものあいだ、虚空から虚空へと彷徨する刑に処せられた魂なのである、と。

午前五時ごろ、私たちはバラックから追い出された。《カポ》〔労働監視員〕たちがまたも私たちを叩いた。だが、私は叩かれても痛みを感じなくなっていた。凍てつくような微風が私たちを包んでいた。私たちは靴とベルトとを手にして裸でいた。命令だ——「走れ！」そして私たちは走る。数分走ってから、別のバラック。

戸口に石油のドラム罐が一箇。消毒。各自そのなかに浸る。ついで温湯シャワー。大急ぎ。湯から出ると、戸外へ追い出される。また走る。またバラック——倉庫だ。とても長い机が並んでいる。山積みにされた徒刑囚の服。私たちは走る。走ってゆくうちに、ズボン、上っ張り、シャツ、短靴下を投げつけられる。

数秒間のうちに、私たちは人間であることをやめていた。もし悲劇的状況のもとになかったとしたら、私たちは大笑いしたかもしれない。なんといういでたち！　巨漢のメイール・カッツは子ども用のズボンを受けとり、痩せた小男のステルンはだぶだぶの上っ張りを受けとったのであった。すぐさま必要に応じて交換を始めた。

私は父のほうをちらりと見やった。なんと変わってしまったことか！　目はどんよりしていた。

私は父になにか言いたかったが、なんと言っていいかわからなかった。

夜はすっかり明けていた。暁の明星が空に煌いていた。私もまたまるっきり別人になっていた。かつて〈タルムード〉を勉強する学徒であり、子どもであった私は、炎のなかですっかり燃え尽きてしまっていた。私に似た形が残っているだけであった。黒い炎が私の魂に入り込んで、それを食らい尽くしたのであった。

数時間のうちにじつに多くの出来事が起こったので、私は時間の観念など完全に失くしていた。家を立ち去ったのはいつだったろうか。そしてゲットーを？　そして列車を？　たった一週間なのか。一夜か――たった一夜なのか。

私たちはいつからこうして凍てついた風のなかに立っているのか。一時間か。ただの一時間か。六十分なのか。

きっと夢なのだ。

私たちからほど遠からぬところで、囚人たちが働いていた。穴を掘っている者もおり、砂を運んでいる者もいた。そのだれひとりとして、私たちに一瞥も投げかけはしなかった。私たちは砂漠のさなかで立ち枯れた樹木であった。私のうしろで人々が話をしていた。彼らが話していることを聞きたいとも、だれが話しているのか、またなにを話しているのか知りたいとも思わなかった。そばには見張り人がいなかったのに、だれもあえて声を高めようとはしなかった。ひそひそ話していた。おそらく、空気を毒し、咽喉を痛めつける、あの濃い煙のせいであった……。

私たちはロマ・キャンプ内の別のバラックに入らされた。五列に並んで。

「では、もう動くな！」

床板がなかった。屋根と四壁。足は泥のなかにめり込んだ。

また待機が始まった。私は立ったまま眠った。寝床を、母の愛撫を夢に見た。そして目覚めた──足を泥のなかにつっこんで、私は立っていた。なかにはくずおれて横たわったままの者もいた。

ほかの連中が叫ぶのであった。

「気が変になったのか。立っていろと言われたじゃないか。あんたらはおれたちに不幸を招き寄せたいのか」

あたかも、世界じゅうのすべての不幸がすでに私たちの頭上に襲いかかったわけではないかのようである。私たちは少しずつ、だれもかも泥のなかに坐り込んだ。しかし、カポがひとり入ってくるたびに、いつでもすぐ立ちあがらねばならなかった。彼らは、だれか新しい靴をはいていないか見にきたのである。新しい靴はカポに渡さねばならなかった。逆らってもなんにもならなかった。殴打が雨霰と降りかかり、そしてとどのつまり、靴はやはりとられてしまうのであった。

私自身は新しい靴をはいていた。しかし厚い泥が一面にこびりついていたので、それと気づかれないですんだ。その場かぎりの感謝だったが、〈神〉が無際限の驚異にみちた〈彼〉の宇宙のなかに泥を創造しておいてくださったことを、私はありがたく思った。

だしぬけに、静寂が重くのしかかった。親衛隊の将校が一名、そして彼とともに死の天使の匂いが入ってきたのであった。私たちの視線は、彼の厚ぼったい唇に食い入るように注がれていた。彼はバラックの中央から私たちに長広舌をふるった。

「おまえたちは強制収容所にいる。アウシュヴィッツに……」

ひと休み。彼は自分のことばが生みだした効果を観察していた。彼の顔は今日まで私の記憶のなかに留まってきた。背の高い三十がらみの男で、犯罪が額にも瞳にも刻み込まれていた。生にしがみつく、重い皮膚病を病んだ一群の犬でも見るように、彼は私たちをじろじろみつめていた。

「そのことを覚えておけ」と、彼は続けた。「いつまでも覚えておけ、おまえたちの記憶のなかに刻み込んでおけ。おまえたちはアウシュヴィッツにいる。そしてアウシュヴィッツは予後療養所ではない。強制収容所だ。ここでは働かねばいかん。さもないと、まっすぐ煙突行きになるぞ。焼却所へな。働くか、それとも焼却所か――その選択はおまえたちの手中にある」

私たちはその前夜、すでにたくさんの経験を積んでいた。このうえまだ私たちを怖じ気づかせるものなど、もうあるわけがない、と私たちは信じていた。ところが、彼の非情なことばは私たちを震えあがらせた。《煙突》という単語は、ここでは意味を欠いた単語ではなかった。この単語は、煙と混ざりあって空中に漂っていた。それはおそらく、ここで実体ある意味を有する唯一の単語であった。彼はバラックを去った。カポたちが現れて、叫んだ。

「特殊技能者全員――錠前師、指物師、電気屋、時計屋――一歩まえへ！」

残りの者は別のバラックに移らされた。こんどのは石造だった。腰を下ろす許可が出た。ロマの移送囚がひとり、私たちを監視していた。

父がとつぜん腹痛にとりつかれた。父は立ちあがって、そのロマのほうに行き、ドイツ語でていねいに尋ねた。

「失礼ですが……。手洗いがどこにあるか、教えていただけますか」

ロマは長いあいだ、爪先から頭のてっぺんまで、父をじろじろと見据えた。自分にことばをかけた男が、じっさいに肉と骨とでできた存在なのか、からだも腹もある生きた存在なのか、納得したがっているかのようであった。それから、いきなり昏睡から目覚めたかのように、腕を伸ばすなり父の頬を猛然と張り飛ばしたので、父は倒れ伏し、ついで自分の居場所に這い戻った。

私は石と化したようになっていた。いったい、私にはなにごとが生じていたのか。目のまえで父が殴られたところなのに、私は眉ひとつ動かさなかった。目にしたのに、黙っていたのだ。昨日だったら、この犯罪人の肉に爪をたてたであろうに。それでは、私はこうまで変わってしまったのか。

こんなにも早く。いまや悔恨の念が私の胸を嚙みだしていた。ただこう考えていただけ。——あんなことをして、奴らをけっして許さないぞ。父は私の胸のうちを察したのにちがいない。私の耳もとに囁いた。「痛くはないよ」。父の頰には赤い手型がまだ残っていた。

「全員出ろ！」

いままでの監視人のほかに十人ほどのロマが加わっていた。棍棒や鞭がまわりで弾けるように鳴っていた。意識する間もなく、私の足は勝手に走っていた。私は他人のかげにかくれて、身を庇おうとつとめていた。春の陽ざし。

「列を組め、五列！」

朝見かけた囚人たちがかたわらで働いていた。そばには、監視人はひとりもいなかった。ただ煙突の影ばかり……。日射しと夢想とのせいでぼんやりしていると、だれかが私の袖をひっぱっているのに気づいた。父だった。「進むんだ、坊や」

みな歩いていた。いくつもの戸口が開いては閉じた。電流の通じた有刺鉄線のあいだを歩きつづけていた。一歩ごとに白塗りの立て札。黒い頭蓋骨がそこから私たちを見つめていた。記してある句は——「注意！　死の危険」。お笑いぐさだ。死の危険のないような場所が、ここにただの一箇所でもあろうか。

ロマたちは、とあるバラックの近くで立ち止まった。彼らにかわって親衛隊員が私たちをとりまいた。連発拳銃、軽機関銃、警察犬。

行進が始まってから半時間経っていた。まわりを眺め渡すうちに、私は有刺鉄線が背後に回っていることに気づいた。私たちは収容所の外に出ていたのである。

五月のよく晴れた日であった。春の香りが大気中に漂っていた。太陽は西へ傾きかけていた。しかし、ものの数秒も歩かぬうちに、もうひとつの収容所の有刺鉄線が目にとまった。「労働は自由なり！」と記した横板が上部に渡してある鉄の門。

アウシュヴィッツ。

第一印象——ビルケナウよりよい。木造バラックのかわりに三階建てのコンクリートの建物。ここかしこに小さな庭。私たちはこれらの《ブロック》のひとつのほうへ連れていかれた。私たちは戸口のところで地べたに腰を下ろし、ふたたび待機を始めた。ときおりだれかが入らされた。シャワーを浴びるのだ。これはあらゆる収容所に入るたびに義務として課される形式的行為であった。日に何度も一方から他方へ行くばあいでも、そのたびに浴場を通らねばならなかったのである。
湯から出ると、暗がりのなかでぶるぶる慄えたままでいた。衣類はブロックに残したままで、ほかの着物をくれるという約束であった。

ま夜中近く、私たちは走るように命ぜられた。

「もっと早く」と、監視人たちがどなった。「速く走れば速いほど、早いとこ寝られるぞ」

数分間、常軌を逸した速さで走ってから、私たちは別のブロックのまえに着いた。そこには責任者が私たちを待ち受けていた。それは若いポーランド人で、私たちに微笑みかけていた。彼は私たちに話しはじめた。疲れていたのに、私たちは辛抱づよく彼の話に聞き入った。

「同志諸君、諸君はアウシュヴィッツ強制収容所に来ているのです。長い苦難の道が諸君を待ち受けています。しかし、勇気をなくさないで。諸君はすでに、最大の危険、すなわち選別を免れたところです。さあ、力を寄せ集めて希望をなくさないこと。われわれはみな、解放の日を迎えるでしょう。生を信頼すること、限りなく信頼すること。絶望を追い払えば、諸君から死を遠ざけることになります。地獄は永劫に続きはしません……。そこでいまは、お願いをひとつ、むしろ忠告をひとつ。——諸君のあいだに同志愛が長く続くように、と。私たちはみな兄弟で、同じ境遇を耐え忍んでいるのです。頭上には同じ煙が漂っています。おたがいに助けあってください。これこそ、生き残るための唯一の手段です。話がかなり長くて、諸君は疲れていますが、よく聞いてください。ここは第一七号ブロックです。私はここの秩序維持責任者です。だれかのことで苦情があったら、だれでも私に会いに来てよろしい。話はこれだけです。行って眠ってください。寝台ひとつにつき二人。お休み」

はじめて聞いた人間らしいことばであった。

床架によじのぼったとたんに、重い眠りが私たちに襲いかかった。

翌朝、《古参たち》は私たちに手荒でない扱いをしてくれた。私たちは洗面所に行った。新しい衣服が与えられた。ブラック・コーヒーを持ってきてくれた。

掃除がすむまでと言われて、私たちは十時ごろブロックを出た。外に出ると日光が私たちを温めてくれた。私たちはずっと元気がよくなっていた。前夜に眠れたおかげで気分がよくなっていた。友人どうし出会って、あれこれ話を交わしたりした。消え失せた人たちのことを除いて、あらゆることが話題になった。戦争はいまにも終わりそうだ、というのがみなの意見であった。

正午ごろ、スープが持ってこられた。各人に濃いスープが一皿ずつ。私は空腹に苛まれていたのに、手をつけることをことわった。私はまだ以前のままの甘やかされた子であった。私に配給された分を父が平らげた。

それから私たちはブロックのかげでしばらく昼寝をした。泥んこバラックのあの親衛隊将校はきっと嘘をついたのだ。――アウシュヴィッツはまさしく保養所だ……。

午後、私たちは整列させられた。三人の囚人が一脚の机と医療器具とを持ち込んだ。各自左腕の袖をまくりあげて机のまえを通らねばならなかった。三人の《古参》が、針を手にして私たちの左腕に番号を刻み込んだ。私はA—七七一三号となった。これ以後、私にはもうほかの名前はなくなった。

たそがれどきに点呼。幾隊もの作業班が帰って来ていた。門のそばで、オーケストラが行進曲を演奏していた。親衛隊員が人数を確認しているあいだ、何万もの囚人が整列して立ち尽くした。

点呼のあとで、あらゆるブロックの囚人たちが思い思いに散らばって、今度着いたばかりの一行のなかから友人、親戚、近所の人を探しにかかった。


日々が経っていった。朝はブラック・コーヒー。正午にはスープ。(三日目には、私はすでにどんなスープでも食欲旺盛に食べるようになっていた。)午後六時に点呼。それからパンとなにかしら。九時には就寝。

アウシュヴィッツに着いてから、すでに一週間経っていた。点呼後のことだった。あとは、点呼終了を告げて鳴るはずの鐘の音を待つばかりというとき、いきなり、だれかが列のあいだを抜けながら尋ねているのが聞こえた。

「シゲットのヴィーゼルはどなた?」

私たちを探しているのは、皺だらけで老けた顔をし、眼鏡をかけた小柄の男であった。父が彼に答えた。

「私ですが、シゲットのヴィーゼルは」

小柄の男は目を細めて、長いあいだ父の顔を穴のあくほど眺めた。

「私がおわかりになりませんか……。おわかりにならないのですか……。あなたの親戚のシュタインですよ。もうお忘れで？　シュタインですよ！　アンヴェルス〔アントワープ〕のシュタイン。レイゼルの夫です。奥さんがレイゼルの叔母だったのです……。奥さんは私たちに何度も手紙を書いてくださいましたよ……。それも、なんという手紙でしたろう！」

父には彼が思いだせなかった。父はきっと、彼のことをあまり知らなかったのだ。それというのも、父はつね日ごろ共同体の問題に首まで浸っていて、親戚の事情にはずっと疎かったからである。父はいつもものの思いにふけって、心そこにあらずという様子であった。（一度など、従姉が私たちに会いにシゲットに来て、私たちの家に泊まり、いっしょのテーブルで食事をするようになって二週間も経ったときに、父ははじめて彼女が来ていることに気づいたのである。）いや、父がシュタインを憶えているわけがなかった。私はというと、この人のことをたいへんよく思いだせた。私は、彼の妻のレイゼルを、彼女がベルギーに出かけるまえに見知っていた。彼は話した。

「私は一九四二年に移送されましてね。お宅の地方から連れられてきた輸送隊が着いたという噂を聞きまして、探しにきたんですよ。アンヴェルスに居残ったレイゼルや私の二人の男の子からの便りが、たぶんお宅に届いているのではないかと思いまして……」

この人たちについては、私はなにも知らなかった。一九四〇年以来、母はもう彼らからたった一通の手紙も受けとってはいなかった。しかし、私は嘘をついた。

「ええ、母はお宅から何度かお便りをいただきましたよ。レイゼルさんはとてもお元気です。お子さまたちも……」

彼は嬉し涙を流していた。もっと長くいて、もっとくわしい話を聞き、吉報を思うぞんぶん吸い込みたかったことであろう。だが、親衛隊員が近づいてきて、彼は立ち去らねばならなかった。彼は去りぎわに、翌日また来る、と叫んだ。

鐘が鳴って、解散してよいことを知らせた。私たちはパンとマーガリンの夕飯を取りにいった。私はおそろしく腹が減っていたから、私の分をその場ですぐさま平らげた。父は言った。

「いちどきに食べてはいけないよ。明日だってあるんだからね……」

忠告が遅すぎて、私の分の食べ物がもうなにも残っていないのを見てとると、父は自分の分に手をつけもせずに言った。

「わしはおなかが空いていていない」

私たちはアウシュヴィッツに三週間とどまった。なすべきことはなにもなかった。たくさん眠った。午後も、また夜も。

念頭にあるのはただひとつ、転出を避け、できるだけ長くここに居残ることであった。それは難しくはなかった。けっして熟練工として登録されない。それで十分であった。人夫はあと回しになっていた。

三週間目のはじめに、私たちのブロック長は、あまりに人間的すぎると判断されて更迭された。新任のブロック長は獰猛で、助手どもときたらまったくの怪物であった。よかった日々は過ぎ去っていた。つぎの転出組の指名を受けるほうがましではないか、などと言われだした。

アンヴェルスから来た親戚のシュタインは、ひきつづき私たちを訪ねてきて、ときどき半人分のパンを持ってきてくれた。

「ほらエリエゼル、きみの分だよ」

来るたびに、彼の頰を涙が流れ、そこにこびりつき、そこで凍てつくのであった。しばしば、彼は父に言った。

「息子さんをよく見ていてよ。たいへん弱々しくて、干からびてる。二人とも、選別にかからんよう、よく注意してること。食べること！　どんなものでも、いつなんどきでも。食べられるものはどんどん食べ尽くすこと。弱いと、ここでは長持ちせん……」

そういう彼自身、ひどく瘦せ、ひどく干からび、ひどく弱々しかった……。

「私が生きていられるのは」と、彼はつねづね言うのであった、「ただもう、レイゼルと子どもたちとがまだ生きている、とわかっているからで。レイゼルたちのためでなければ、持ちこたえてはいられん」

ある晩、彼は顔を輝かせて私たちのほうにやってきた。

「アンヴェルスから来た輸送隊がいま着いたんで。明日行って会ってみるよ。きっと知らせがもらえる……」

彼は立ち去った。

私たちはもう二度と彼に会えぬ定めにあった。彼は知らせを得たのであった。ほんとうの知らせを。


夕方、床架に横たわっているとき、私たちはハシディーム派の旋律をあれこれと歌ってみた。アキバ・ドリュメールは、その荘重で深い声で私たちの胸をえぐるのであった。

〈神〉について、〈神〉の辿る神秘な道について、ユダヤ民族の罪について、また未来に来るはずのその解放について話す者もいた。私はというと、祈るのをやめてしまっていた。私はなんとヨブの身近にいたことか！ 私は〈神〉の存在を否認してはいなかったものの、〈神〉の絶対の正義には疑いを抱いていた。

アキバ・ドリュメールは語った。

「〈神〉は私たちを試練にあわせておられる。悪しき本能を制して、内なるサタンを殺す力が私たちにあるかどうか、見ようとしておられる。私たちに絶望する権利はない。〈神〉が私たちを無慈悲にも懲らしめられるのは、それだけ私たちを愛してくださっているしるしでな……」

〈カバラー〉に通暁しているヘルシュ・ゲヌードはというと、世界の終末とメシヤの到来とについて話すのであった。

こうしておしゃべりしているさなかに、ほんのときおりのことながら、あるもの思いが私の心のなかで軽い羽音をたてるのであった。――「ママはいまどこかしら、……そしてツィポラは……」

「ママはまだ若い」と、あるとき父は言った。「きっと労働キャンプにいるよ。それからツィポラは、もう背の高い娘になっているんじゃないか。あの子もきっとどこかのキャンプにいるよ……」

どれほどそう信じたかったことか！　こちらは信じているふりをしたが、そう言った当人ははたして信じていたのかどうか。

熟練工はすべて、すでにほかのあれこれのキャンプに送り込まれていた。もはや私たち残っている者は、百人ばかりのたんなる人夫ばかりであった。

「今日はおまえたちの番だ」と、ブロックの書記が私たちに告げた。「輸送隊といっしょに出ていくのだ」

十時に、いつもと同じくパンが配給された。十人ほどの親衛隊員が私たちをとり囲んだ。門には、あの横板――「労働は自由なり！」私たちは人数を数えられた。そしていまや、私たちは田園のただなか、陽光降りそそぐ路上にいた。空には幾片かの小さい白雲。

ゆっくり歩んでいた。監視人たちは急いではいなかった。私たちにはそれが嬉しかった。村々を通り抜けるときには、ドイツ人が大勢、驚きもせずに私たちをじっと見ていた。たぶん彼らは、すでにこれまでにも、こうした行列を何度も見ていたのであろう……。

途中で、ドイツ人の少女たちに出会った。監視人たちは彼女らをからかいだした。少女たちは嬉しそうに笑っていた。彼女らは、言うなりに接吻させたり、くすぐらせたりして、けたたましく笑いだすのであった。ほんの少しの道のりだったが、彼らは道々笑い、冗談を言い、恋のことばを投げかけあった。そのあいだは、私たちは少なくとも罵声や棍棒を見舞われずにすんだ。

四時間して、私たちは新しい収容所に着いた。ブーナである。私たちが入ったあと、鉄の門が閉ざされた。

第四章

この収容所は、疫病に見舞われたあとのような様相を呈し、からっぽで死んでいた。数人の《きちんとした身なり》の囚人が、ブロックのあいだをぶらぶらしているだけであった。

もちろん、私たちはまずシャワー浴場を通らされた。収容所の責任者が私たちのいるところへやってきた。逞しく、がっしりして、肩幅の広い男であった。猪首で、唇が厚く、髪の毛がちぢれていた。善良そうな印象を与えた。灰色がかった青い眼には、ときおり微笑がきらめくのであった。私たちの隊列中には、十歳や十二歳の子どもが何人か混ざっていた。その将校は彼らに関心を持ち、その子たちになにか食べものを持ってくるよう命令を下した。

新しい衣服を与えられてから、私たちは二つのテントに入れられた。作業班に編入されるまでそこで待機せねばならず、そのあとでブロックに移される、ということであった。

夕方、作業班が作業場から帰ってきた。点呼。私たちは知りあいを探しにかかり、どの作業班がいちばんよいか、どのブロックに入ろうと努めるべきか知ろうと古参に尋ねはじめた。囚人全員が一致してこう語った。

「ブーナはじつにいい収容所だよ。殴られてもがまんできるし。要は、建設作業班に回されないことでね……」

あたかも、選択が私たちの手中にあったかのように。

私たちのテント長はドイツ人であった。人殺し顔で、肉の厚ぼったい唇をし、手は狼の前足そっくりであった。収容所の食事から、彼は少なからぬ役得を得ていた。おかげで動きまわるのがやっとという肥りようであった。収容所長と同じく、彼も子ども好きであった。私たちが到着するとすぐ、彼は子どもたちのために、パンやスープやマーガリンを持ってこさせた。（じつは、この愛情は無私無欲のものではなかった。あとになって知ったのだが、ここでは子どもたちは同性愛者どうしで、まったくの人身売買の対象をなしていたのである。）彼は私たちに告げた。

「おまえたちはおれのところで三日間隔離される。それから作業行きだ。明日は診察がある」

彼の手先のひとり――目つきはちんぴら、酷薄な顔をした男の子――が私に近づいてきた。

「おまえ、いい作業班に入りたいか」

「もちろんだとも。でも条件があるんだ。父といっしょにいたい……」

「よしきた」と、彼は言った。「なんとかしてやれるよ。つまらんものと引き換えにね。おまえの靴さ。ほかのをくれてやるからさ」

私は靴を拒んだ。それは私に残っているすべてだったのである。

「パン一回分とひとかけのマーガリンをおまけにやるからよ……」

この靴が彼の気に入ったのである。しかし、私はどうしても譲らなかった。（それでも結局、この靴はあとで取りあげられてしまった。しかも、そのときにはただで取られた。）

朝早く、ベンチに坐った三人の医師のまえで、戸外での診察。

最初の医師は聴診などそこそこで、ただこう尋ねただけ。

「元気かね」

思いきって元気でないなどと言う者がどこにいたろうか。

それに引きかえ、歯科医のほうはもっと良心的にみえた。彼は口を大きくあけるように命じた。じっさいには、虫歯ではなくて金歯を見ようとしたのである。口のなかに金を持っている者は、名簿に番号を書き込まれるのであった。私はというと、ひとところ金冠が被せてあった。

最初の三日間はたちまち過ぎていった。四日目の明け方、私たちがテントのまえにいると、カポたちが姿を現した。各自、気に入った男たちを選びにかかった。

「おまえ……おまえ……それからおまえ……」。家畜か商品でも選びだすように指さすのであった。

私たちは自分たちのカポについていった。若い男であった。彼は、収容所の門に近い、いちばん手前のブロックの入り口で私たちを立ち止まらせた。そこはオーケストラ・ブロックであった。「入れ」と、彼は命じた。私たちはびっくりした。——われわれと音楽となんの関係があるのやら。

オーケストラは行進曲を演奏していた。いつも同じ曲であった。数十の作業班が歩調をとって作業場へ出発していった。カポたちが拍子をとった。「左、右、左、右」

親衛隊の将校たちが、ペンと紙とを手にして、出て行く人数を書き込んでいた。オーケストラは同じ行進曲を演奏しつづけ、しまいに最後の作業班が通過した。そのとき、オーケストラの指揮者は指揮棒を止めた。オーケストラはぴたっと止まり、するとカポがどなった。「整列！」

私たちは楽士たちとともに五列に並んだ。音楽ぬきで、それでも歩調はとって、収容所から出た。耳のなかには、あいかわらず行進曲の余韻が響いていた。

「左、右！　左、右！」

私たちは隣に並んだ楽士たちと話しはじめた。ほとんどすべてユダヤ人であった。眼鏡をかけ、蒼白い顔に皮肉な微笑を浮かべた、ポーランド人のユリエク。有名なヴァイオリニストである、オランダ出身のルードヴィッヒ。彼はベートーヴェンを演奏させてもらえないのを残念がっていた。ユダヤ人にはドイツ音楽を演奏する権利がなかったのである。若いベルリン子で機智に満ちたハンス。監督はポーランド人で、ワルシャワの大学生だったフラネクである。

ユリエクが私に説明してくれた。

「ぼくたちはここから遠くない電気資材倉庫で働くのだ。作業はあまり難しくないし、危険でもない。しかし、カポのイデクはときどき狂気の発作を起こすんで、そのときには、あいつの目につくところにいないほうがいい」

「きみは運がいいよ、坊や」と、ハンスはにこにこしながら言った。「いい作業班に当たったたからね……」

十分後には倉庫のまえに着いた。ドイツ人従業員で民間人の倉庫主任《マイスター》が向こうからやってきた。彼は私たちの各自には、商人が入荷した古いぼろ切れに注意するほどにも注意を向けなかった。仲間たちの言ったとおりであった。作業は難しくはなかった。地べたに坐って、ボルト、電球、その他こまごました電気製品を数えねばならなかった。カポはこの作業のたいへんな重要性を微に入り細を穿って私たちに説明し、だらだらした態度を見せる者は自分が相手になってやる、と警告した。あらたに仲間になった人たちはこう言って私を安心させた。

「なにもびくびくすることはないよ。倉庫主任《マイスター》の手前、ああ言わなきゃいけないのさ」

そこにはあまたの平服を着たポーランド人と数人のフランスの婦人もいた。彼女らは楽士たちに目顔で挨拶した。

監督のフラネクは私を隅の位置に就かせた。

「へたばるなよ、せっせとせんでいい。でも、親衛隊員に不意を衝かれないように用心しな」

「監督さん……父のそばにいられたらいいんですけれど」

「よし。お父さんにはここでおまえのそばで働いてもらおう」

私たちは運がよかった。

二人の少年が私たちのグループに加えられた。チェコスロヴァキア人の二人兄弟で、ヨッシおよびティビという。両親ともビルケナウで虐殺されたのであった。二人はたがいに肉体と魂とのあいだがらのように暮らしていた。

二人はすぐに私の友だちになった。彼らはかつてあるシオニズム青少年団に属していたので、数え切れぬほどのヘブライ語の歌を知っていた。それゆえ私たちは、ヨルダン川の静かな水やエルサレムの聖地にふさわしい壮麗さを歌いあげた曲を静かに口ずさむことがあった。私たちはまた、しばしばパレスチナについても話しあった。彼らの両親もやはり、まだ間にあうときになにもかも清算して移住するだけの勇気がなかったのである。私たちは、もし幸運にも〈解放〉まで生きていられたら、一日でもよけいにヨーロッパに留まっているものか、と決意をかためた。ハイファ行きの最初の船に乗ろう、と話すのであった。

いまだにカバラー神秘主義の夢想に耽っていたアキバ・ドリュメールは、聖書からある一節を発見し、その内容を暗号解読することによって、これから数週間後には〈解放〉が来る、と予言することができた。

私たちはすでにテントをあとにして、楽士ブロックに移ってきていた。私たちには毛布一枚、洗面器一箇、石鹸一箇をわがものにする権利があった。ブロック長はドイツ育ちのユダヤ人であった。ユダヤ人を長にいただくと有利なことがあった。彼はアルフォンスという名であった。驚くほど老けた顔をした青年である。彼は《自分の》ブロックのために完全に献身していた。彼はそれができるたびごとに、年少者、虚弱者、自由よりも一皿よけいの食物を夢みているすべての人たちのために、なんとか工面して《大鍋いっぱい》のスープを調達してきた。


ある日、倉庫から帰ってくると、私はブロックの書記のもとに呼びだされた。

「A―七七一三号かね」

「私です」

「食後、歯医者のところへ行け」

「でも……歯が痛くはないんですが……」

「食後だ。きっとだぞ」

私は患者ブロックに出向いた。戸口の前に二十人ほどの囚人が行列して待っていた。ほどなく呼び出しの目的がわかった。金歯を抜き取るためであった。

歯科医はチェコスロヴァキア出身のユダヤ人で、デス・マスクそっくりの顔をしていた。彼が口をあけると、黄色い腐った歯がむきだしになってぞっとした。私は肘掛椅子に坐ると、下手に出て訊いた。

「歯医者さん、なにをなさるのですか」

「なあに、ただ金冠をとるだけだよ」と、彼は冷淡な調子で答えた。

私は仮病を使おうと思いついた。

「何日か待っていただけませんか、先生。どうも気分がよくなくて、熱があるんです……」

彼は額に皺を寄せ、ちょっと考えてから私の脈をとった。

「いいよ、坊や。気分がよくなったらまたおいで。ただし、こちらから呼ばないうちにな!」

私は一週間後にまた彼に会いにいった。同じ口実を使った。——まだ元気になっていない、と。彼は驚いたようにはみえなかった。彼がほんとうにしたのかどうかはわからない。たぶん、約束どおり自分からまた来たのを見て気をよくしたのであろう。彼はふたたび猶予を与えてくれた。

私が訪れてから数日後に、歯科医の部屋が閉鎖された。彼は投獄されてしまったのである。彼は絞首刑に処せられることになった。囚人の金歯を密売して私利を図っていたのが判明したためである。私は彼にはなんの憐れみも感じなかった。彼の身に起こったことがとても嬉しいとさえ思った。金冠が助かったのであるから。これはいつの日にか、なにか、パンを、命を買うのに役だつかもしれなかった。私はもはや、日々の一皿のスープ、一きれのすえたパン以外には関心を向けなくなっていた。パン、スープ――これが私の生活のすべてであった。私は一個の肉体であった。おそらく、さらにそれ以下のもの――一個の飢えた胃。ただ胃だけが、時が経つのを感じていた。

私は倉庫に行くと、しばしばある若いフランス婦人のそばで働いた。私たちはことばは交わさなかった。彼女はドイツ語を知らず、私にはフランス語がわからなかった。

彼女はここでは《アーリア人種》として通っていたけれども、私には彼女がユダヤ人のような感じがした。彼女は強制労働を課せられた移送囚だったのである。

ある日、イデクがむやみに怒り狂ったとき、私は彼の目につくところにいあわせた。彼は猛獣のように私に飛びかかり、胸や頭を殴りつけ、突き飛ばしてはまたひっとらえ、しだいに激しくなりまさる殴打を加え、ついには私は血だらけになった。苦痛の叫びをあげまいとして唇を嚙みしめていたので、彼はきっと私の沈黙を軽蔑ととり違えたのである。彼は、いっそう激しく私を殴りつづけた。

彼はとつぜん気を鎮めた。なにごとも起こらなかったかのように、彼は私に作業に戻るように命じた。まるで、だれがどの役割を演じてもかまわない遊戯にいっしょに参加したかのようであった。私は足をひきずって自分の一隅に向かった。全身が痛かった。ひんやりした手が私の血まみれの額を拭っているのを感じた。例のフランスの婦人労働者であった。彼女は悲しくてたまらないような微笑を浮かべて私にほほえみかけ、私の手に一片のパンを滑り込ませた。彼女は私の目をまっすぐ見つめていた。話しかけたいのに、恐怖で咽喉が詰まっているのだ、という感じがした。しばらくそうしていたが、やがて顔が明るくなり、正確といってもよいドイツ語で私に言った。

「唇を噛みしめるのよ、弟よ……。涙を流さないことよ。別の日のために、のちのちのために、あんたの怒りと憎しみとをとっておいてね。いつか、ある日がやって来るわ、でも、いまじゃないの……。待つことよ。歯を食いしばって待つことよ……」

何年も経ってから、私はパリで、地下鉄に乗って新聞を読んでいた。ま向かいに、髪の毛が黒く、夢みるような目つきをした、とても美しい婦人が坐っていた。私は以前にどこかでこの目を見たことがあった。彼女であった。

「奥さん、私がおわかりになりませんか」

「存じあげませんが」

「一九四四年に、ドイツのブーナにいらっしゃいましたね」

「ええ、そう……」

「電気資材倉庫で働いておいででした……」

「ええ」と、彼女はいくらかどぎまぎしながら言った。そして、ちょっとのあいだ黙っていたが

――「ええと、お待ちになって……。思いだしましたわ……」

「イデクというカポ……ユダヤ人の男の子……あなたのやさしいおことば……」

私たちはいっしょに地下鉄を降り、とあるカッフェのテラスに腰をおろした。私たちはまるひと晩、思い出話をして過ごした。別れるに先だち、私は彼女に尋ねた。

「ひとつお尋ねしてよろしゅうございますか」

「なにをお尋ねか、よくわかっていますわ、さあどうぞ」

「どういうことでしょう」

「私がユダヤ人なのでは、ということ……。ええ、ユダヤ人ですの。信者の家庭の者です。私は占領時代中に偽証明書を手に入れて《アーリア人種》で通しておりました。そんなわけで、強制労働グループに組み込まれ、ドイツに移送されながら強制収容所には行かずにすみましたの。倉庫では、私がドイツ語を話すのをだれも知りませんでした。そうと知れたら疑いをかけられたでしょうね。私があぁして二言三言あなたに話しかけたのは、慎重を欠くことでした。でも、あなたが私を裏切ったりなさらないって、わかっていましたもの……」

別のあるとき、私たちはドイツ兵の監視のもとで、貨車にディーゼル・エンジンを積み込まねばならなかった。イデクは虫のいどころが悪かった。彼はやっとのことでこらえていた。とつぜん、彼の憤怒が爆発した。犠牲となったのは私の父であった。

「おいぼれのろくでなしめ！」と、彼はどなりだした。「それでも作業と言えるか」

そして彼は、鉄棒で父を殴りだした。父ははじめ、殴りつけられて背中をかがめたが、ついで雷に打たれた枯れ木のように二つに折れた。

私は一部始終を見守りながら身動きもしなかった。私は黙っていた。私はむしろ、殴られずにすむようにこの場を離れようかと考えていた。それればかりではなかった。私がそのとき怒っていたのは、カポが相手ではなくて父にたいしてであった。父はイデクの発作を避けられなかったのかと、恨めしかったのである。強制収容所生活は、私をそんなふうにしてしまっていた……。

監督のフラネクは、ある日、私の口のなかに金冠が嵌まっていることに気づいた。

「小僧、その金冠をよこせ」

そんなことはできない、この金冠がなければものが食べられなくなってしまう、と私は答えた。

「なにか食べるものをやるからさ、小僧！」

私は別の返事を考えついた。私の金冠は診察のさいに帳簿に書き込まれた、これを取ってしまうと、二人とも面倒な目にあうかもしれないよ、と。

「もしおれにその金冠をくれないと、もっと高いものにつくぞ！」

この感じがよくて知的な若者は、だしぬけに別人のようになってしまった。彼の目は、もの欲しさできらきら光った。私は、父に相談してみなくては、と彼に言った。

「おやじに聞いてみな、小僧。だが、返事は明日くれ」

父にその話をすると、父は蒼ざめ、しばらく黙っていたが、やがて言った。

「いけない、そんなことはできない」

「あの男、ぼくたちに仕返しをしますよ！」

「そんな思いきったことはせんだろうよ」

残念ながら、彼は遣り口を心得ていた。私の弱点を知っていたのである。父は兵役の経験がなかったから、どうしても歩調をとって歩くことができなかった。ところでここでは、集団で移動するときはいつも足なみ揃えて行わねばならなかった。フラネクはそのときを捉えて父をいじめ、毎日仮借なく叩きのめした。左、右——ぽかん、ぽかん！　左、右——ぴしゃん、ぴしゃん！

私は自分で父にレッスンをつけ、足を変えたりリズムを保ったりする仕方を教えてあげようと決心した。私たちは自分たちのブロックのまえで練習を始めた。私が「左、右！」と命令し、父は練習した。囚人たちは私たちをからかいだした。

「見ろよ、ちびの将校がおいぼれに歩きかたを教えてるぞ……。おい、ちび将軍、爺さんはおまえに何食分のパンをくれるんだい？」

　しかし、父の進歩は依然として不十分であった。そして、殴打はあいかわらず雨霰と父に降りかかった。

「やれやれ、穀潰しの爺さん、まだ歩調をとって歩けないのかい」

　こうした光景が二週間とおして繰り返された。もうどうしようもなかった。降参せざるをえなかった。その日、フラネクはげびた調子で大笑いした。

「小僧、おれの勝ちなのは、はじめからわかっていたさ、よくわかっていたんだ。遅くてもしないよりはいい。待たせたんだから、おまえはパン一食分よけいに損するわけさ。おれの仲間のひとりでワルシャワの有名な歯医者にな、パンを一食分やるんだ。金冠をはずしてもらうためによ」

「どうして？　あんたがぼくの金冠を手に入れるために、ぼくが一食分のパンを出すんですか」

　フラネクはにやにや笑っていた。

「どうしてもらいたいのかね。拳骨の一撃で歯をへし折ってもらいたいのか」

　その日の晩、便所で、ワルシャワの歯医者は錆びたスプーンを使って私の金冠を引き剥がした。

　フラネクは、またもっと親切になった。彼はときどき余分のスープをくれさえした。しかし長続きはしなかった。二週間後には、ポーランド人全員が別の収容所に移されてしまった。私は金冠をただ取りされてしまったのである。

ポーランド人が出てゆく数日前に、私は新しい経験をしたのであった。日曜日の朝のことである。私たちの作業班は、その日は労働に出なくてよいはずであった。ところが、なんとイデクは、収容所に居残っていたいなどとは言わせようとしなかった。私たちは倉庫に行かねばならなかった。こうしていきなり労働に熱意を燃やすものだから、私たちは唖然とした。倉庫に来ると、イデクは私たちをフラネクに任せて言った。

「やりたいことをやれ。しかし、なにかやるんだぞ。さもないと目にものみせてくれる……」

そして彼は姿を消した。

私たちはなにをしたらよいかわからなかった。蹲っていることにも疲れて、こんどは私たちもそれぞれ倉庫内をあちこち歩きまわり、もしかして民間人が忘れていったパンのかけらでもないものかと探しにかかった。

建物の奥まで来ると、隣の小部屋からなにかの音が洩れでてくるのが聞こえた。私は近づいていった。すると、イデクとポーランド人の若い女とが、なかば裸になって藁布団の上にいるのが見えた。イデクが私たちを収容所に残しておきたがらなかったわけがこれでわかった。娘といっしょに寝るために、百人もの囚人に足を運ばせたとは！　じつにおかしいことに思えたので、私は大声をたてて笑った。

イデクはがばと身を起こし、ふり返って私を見た。かたや、娘のほうは、なんとか胸を蔽い隠そうとしていた。私は逃げだしたかったのだが、足が床に釘づけになったように動かなかった。イデクは私の咽喉を摑んだ。彼は声を押し殺して言った。

「いまにみろよ、小僧……。作業を放棄するとどういう目にあうか、いまに見せてやる……。あとで勘定を払わせてやるぞ、小僧……。まあ、いまのところは自分の場所に戻れ……」

いつもの作業終了時刻の三十分前に、カポは作業班全員を集合させた。点呼。なにごとが起こったのか、わかった者はだれもいなかった。こんな時間に、こんなところで点呼をするとは？　私ばかりは知っていた。カポは簡単な演説を行った。

「一介の囚人には、他人の問題に容喙する権利はない。諸君のうちのひとりがそのことをまだわからずにいたらしい。そこでその男に、断乎として、明瞭に、このことをわからせてやろうと思う」

私は背中に汗が流れるのを感じていた。

「A—七七一三号！」

私は進みでた。

「箱！」と、彼は命じた。

箱が持って来られた。

「この上に寝ろ！　腹這いになれ！」

私は言うなりになった。

それから私が感じたのは、あとはもう鞭打ちばかりであった。

「ひとつ！……ふたつ！……」と、彼は数えていた。

彼は振りおろすたびに合間を置いた。ほんとうに痛かったのははじめの数発だけであった。私は彼が数えるのを聞いていた。

「十……、十一！……」

彼の声は穏やかで、まるで厚い壁越しに聞こえてくるように耳に届いた。

「二十三……」

あとふたつ、私はなかば失神しながらそう考えた。カポは待っていた。

「二十四……二十五！」

これで終わりであった。しかし、私にはそのことがわからずにいた。気絶していたのであった。バケツ一杯の冷水を浴びせられたとき、意識が戻ってくるのを感じた。私はあいかわらず箱に横たわったままであった。濡れた地面がぼんやりとそばに見えたにすぎない。それからだれかどなるのが聞こえた。きっとカポだ。彼のわめいていることばが、はっきりわかりかけていた。

「立て！」

たぶん私は、起き直ろうとして動いたのにちがいない。なぜならば、ふたたび箱に倒れかかるのを感じたのであるから。なんと立ちあがりたかったことであろうか！

「立て！」と、彼はいっそう激しくわめいていた。

せめて返事ができれば、身動きできないのだと言えたら、と私は思うのであった。しかし私には、食いしばっていた唇をどうしても開けられなかった。

イデクの命令に従って、二人の囚人が私を起き直らせ、私を彼の面前に連れていった。

「おれの目のなかを見ろ！」

私は彼を見つめていたが、彼の顔は目に映らなかった。私は父のことを考えていた。父は私以上につらかったにちがいない。

「よく聞けよ、豚の子め！」イデクはひややかに私に言いきかせた。「好奇心を持つとこうなるんだぞ。見たことをだれかに喋ろうものなら、五回も同じ目にあわせるぞ！　わかったか」

私は一回、十回、うなずいた。とめどなくうなずいた。まるで私の頭は、けっして止まることなく、はいと言いつづける決心をしたかのようであった。

ある日曜日、私たちのうちの半数――そのなかに父もいた――が作業に行っているあいだ、残りの者――そのなかに私もいた――はブロックで寝坊をきめこんでいた。

十時ごろ、非常サイレンが鳴りだした。警報。ブロック長たちが駆けつけてきて、私たちをブロック内に集合させた。他方、親衛隊員たちは防空壕に退避した。警報発令中は逃亡が比較的容易であった――監視人は望楼を去り、有刺鉄線の電流は切られたからである――それゆえ、なんぴとといえどもブロック外にいる者はこれを射殺せよ、との命令が親衛隊員に発してあった。

瞬くまに、収容所は退避がすんだ船そっくりになっていった。通路には人っ子ひとりいなかった。炊事場の近くに、大鍋が二つも放りだしてあった。そのなかには、温かな、湯気をたてているスープが半分かた入っていたのである。大鍋二杯のスープ！　通路のまんまんなかに、番人のいない大鍋二杯のスープ！　王者の宴会が無駄になる、至上の誘惑だ！　欲望にきらめく数百の目がこれを見つめていた。二頭の小羊を、数百頭の狼が狙っていた。羊飼いのいない、食べよと言わんばかりの二頭の小羊。しかし、思いきったことをする者がだれかいようか。

恐怖のほうが空腹よりも強かった。だしぬけに、第三七号ブロックの戸口がそろそろと開くのが見えた。男がひとり現れて、地虫のように這いながら大鍋めざして近づいていった。

数百の目が彼の動きを追っていた。数百の者が、彼とともに這い、彼とともに砂利で手足を擦りむく思いをしていた。すべての心臓が震えていた。しかし、なかんずく羨望ゆえに。彼は思いきったことをしたのだ、彼こそは。

彼は手近なほうの大鍋に手を触れた。人々の心臓はさらにいっそう強く打っていた。彼はうまくやったのだ。嫉妬が私たちの胸を食らい尽くし、私たちは藁のように焼き尽くされていった。私たちはただの一瞬も彼を讃めようとは思わなかった。一食分のスープのために自殺に赴くあわれな英雄だ。私たちは心のなかで彼を殺しかけていた。

大鍋のそばに横たわっていた彼は、このあいまに縁までからだを持ちあげようとしていた。力尽きてか、恐怖のためか、彼はそのままじっとしていた――たぶん、最後の力を振りしぼろうとして。ついに、彼は鍋の縁までからだを持ちあげることに成功した。一瞬、彼は、スープを覗き込んで、幽霊然と自分の影が映っているのを探っているようにみえた。それから、理由もないままにという感じだったが、彼は恐ろしい悲鳴をあげ、それまで聞いたこともない喘ぎ声を立て、そして口を開けたまま、まだ湯気のたっている液体めがけて首を突っ込んだ。銃声にぎくっとして、私たちはとびあがった。ふたたび地面に倒れ伏し、顔をスープまみれにして、その男は大鍋のもとで数秒間身をよじらせ、ついでもう動かなくなった。

そのとき、飛行機の爆音が聞こえだした。ほとんどただちに、バラックが揺れだした。

「ブーナが爆撃されている！」と、だれかが叫んだ。

私は父のことを考えた。しかし、私はそれでも嬉しかった。工場が火事で燃え尽きるのが見えたら、なんという報復となろうか！　ドイツ軍部隊がさまざまの戦線で敗北しているという噂は、たしかに聞いたことがあった。しかし、信ずべきかどうかはよくわからずにいた。今日、それが具体化していた！

私たちはだれひとり恐がらなかった。それにしても、もし爆弾が一発でもブロック群に落ちたならば、一挙に数百名の犠牲者を出したことであろうに。しかし、人々はもはや死を、ともあれその死なら、恐れてはいなかった。爆弾が一発破裂するごとに、私たちは喜びで胸がいっぱいになり、人生への信頼をとり戻すのであった。

爆撃は一時間以上続いた。もし十の十倍時間続くことがありえたならば……。それから、静寂が戻ってきた。米軍飛行機の最後の爆音が風とともに消え失せてから、ふとわれにかえると、私たちはやはりみずからの墓地にいるのであった。地平線には幅広く、ひとすじの黒煙が立ちのぼっていた。サイレンがふたたび鳴りだした。警報解除であった。

みな、ブロックから出てきた。みな、火と煙とが充満した空気を胸いっぱいに吸いこんだ。そして、人々の目は希望に輝いていた。爆弾が一発、収容所中央の点呼広場付近に落ちはしたが、不発に終わったのであった。私たちはそれを収容所外に運び出さねばならなかった。

収容所長は、副官と首席カポとを従えて、通路から通路へ巡回視察を行っていた。空襲の煽りで、彼の顔には甚だしい恐怖の痕跡が残っていた。

収容所のまんまんなかには、唯一の犠牲者として、スープで顔を汚した男の死体が横たわっていた。大鍋はもう炊事場内に戻してあった。

親衛隊員たちは望楼に上がって、機関銃の背後の部署に戻っていた。幕間はすでに終わっていた。

一時間してから、作業班がいつもどおり歩調をとって戻ってくるのがみられた。私は父を見つけて大喜びした。

「建物がいくつか薙ぎ倒されたが」と、父は私に言った、「倉庫は無事だった……」

午後、私たちは足どりも軽く、廃墟のあと片づけにいった。


一週間後、作業から帰ってくると、収容所中央の点呼広場に黒い絞首台が立っているのが見えた。

点呼のあとまでスープの分配はない、と知らされた。点呼はいつもより長くかかった。数々の命令がほかの日より厳然とした仕方で発せられ、空気が異様な反響を伝えていた。

「脱帽!」と、収容所長がだしぬけにどなった。

一万の略帽がいっせいに脱ぎ去られた。

「着帽！」

一万の略帽が稲妻のようにすばやく頭蓋に戻った。

収容所の門が開かれた。親衛隊一個小隊が姿を現して私たちをとり巻いた。——三歩おきに親衛隊員一名。ほうぼうの望楼からは、機関銃の銃先が点呼広場に向けられていた。

「やつらは騒動が心配なんだ」と、ユリエクは呟いた。

親衛隊員二名がさきほど重営倉のほうへ向かっていったが、彼らは死刑囚をなかに挟んで戻ってきた。それはワルシャワ出身の若者であった。過去に三年間、強制収容所生活を重ねてきた男であった。逞しく、がっしりした体格の、私と較べたら巨人のような青年であった。

彼は、絞首台を背にして、彼を裁いた収容所長に顔を向け、蒼ざめてはいたが、恐怖よりむしろ感動を覚えている面持ちであった。縛りあげられた両手はいっこう震えていなかった。彼の目は、自分をとり巻いている、幾百名もの親衛隊監視員と数千名の囚人とを冷静に眺めていた。

収容所長は一区切りごとに力を入れながら、評決文を読みだした。

「Reichsführer《ライヒスフューラー》〔国家指導者〕ヒムラーの名において……。囚人第……号は警報発令中に逃亡した……。法律……第……節によって、囚人第……号は死刑の判決を宣告された。これは囚人全員にたいする警告とも、みせしめともなるべきである」

だれも身動きしなかった。

私は自分の心臓の鼓動を聞いた。アウシュヴィッツとビルケナウの焼却炉で毎日死んでゆく幾千もの人たちは、もう私の心をかき乱さなくなっていた。しかしこの男は、絞首台によりかかっているこの男は、私の心を動顛させていた。

「この儀式のやつ、いまに終わるかな。腹が減ったよ……」。ユリエクが囁いた。

収容所長の合図とともに、Lagerkapo《ラーゲルカポ》〔収容所監視員〕が死刑囚に近づいた。二人の囚人が彼の任務の手助けをしていた。二皿のスープを得るためである。

カポは死刑囚に目隠しをしようとしたが、死刑囚は拒んだ。

しばらく待ってから、死刑執行人は彼の首のまわりに綱をまいた。彼は助手たちに死刑囚の足もとの椅子を引き抜かせようとした。そのとき、死刑囚は朗々と、しかも落ち着いて叫んだ。

「自由万歳！　私はドイツを呪う！　私は呪う！　のろ……」

死刑執行人たちは、もう仕事をしおおせていた。

剣のように鋭く、命令が大気をつんざいた。

「脱帽！」

一万名の囚人が敬礼をした。

「着帽！」

それからブロックごとに、収容所の囚人全員がこの絞首台に吊るされた男のまえを行進して、死者の生気の消えた目と垂れ下がった舌とを直視せねばならなかった。カポとブロック長たちとは、各人に無理強いして、この顔をまっこうから見据えさせたのである。

行進のあと、ブロックに戻って食事をとる許可が出た。

その晩、スープがすてきにうまいと思ったのを、私は憶えている……。

私はほかにも何度か絞首刑をみた。これらの死刑囚のたったひとりでも涙を流すところを見たことがない。これらの枯れきった肉体は、とうに涙の苦い味わいを忘れていたのである。

一度だけ例外がある。第五二電纜作業班のOberkapo《オーベルカポ》〔上級カポ〕はオランダ人で、二メートルを越える巨人であった。七百名の囚人が彼の指揮のもとに作業し、全員が彼を兄弟のように愛していた。だれひとり、彼の手から平手打ちを、また彼の口から罵声を浴びた者はいなかった。

彼は幼い男の子を給仕にしていた。いわゆるPipel《ピーペル》のひとりであった。この収容所にこんな子がいるとは信じられないような、十二歳ほどのほっそりして美しい顔だちの子であった。

(ブーナではピーペルたちは憎まれていた。彼らはしばしば、大人よりも残酷な態度をとったからである。私はある日、彼らのひとりで十三歳になる子どもが、きちんと寝床をつくってくれなかったからといって、自分の父親を殴っているところを見かけたことがある。老人は静かに涙を流し、子どもはそばでわめいていた。「すぐに泣きやまないと、もうパンを持ってきてやらないよ。わかったかい」。しかし、例のオランダ人の少年給仕はみなに熱愛されていた。その子は不幸な天使のような顔をしていた。）

ある日、ブーナの発電所が爆発した。現場に呼び寄せられたゲシュタポは、破壊活動によるとの結論を出した。証跡が発見せられた。辿っていくと、そのオランダ人のオーベルカポをいただくブロックまで行きついた。そこで捜索したところ、大量の兵器が発見せられた！

オーベルカポはたちどころに逮捕せられた。彼は何週間も続けて拷問を受けたが、その拷問はむだに終わった。彼はだれひとり名前を洩らさなかったのである。彼はアウシュヴィッツに移された。それっきり、彼の噂は聞かれなくなった。

しかし、彼の幼いピーペルは、収容所の重営倉に入れられたきりであった。同様に拷問を受けたが、彼もまた沈黙を守った。そこで親衛隊は、室内に武器を隠匿しているのが発見されたほかの二名の囚人とともに、彼にも死刑を宣告した。

ある日、私たちは作業から戻ってきたとき、三羽の黒い烏さながら、点呼広場に絞首台が三本立っているのを見た。点呼。私たちのまわりには、機関銃の銃先を向けた親衛隊員——伝統的儀式。縛りあげられた三人の死刑囚——そして彼らのなかに、あの幼いピーペル、悲しい目をした天使。

親衛隊員は、いつもより心配そうで、不安を覚えているように見えた。何千名もの見物人の面前で男の子を絞首刑にするのは些細な仕事ではなかった。収容所長は評決文を読みあげた。すべての目が子どもに注がれていた。彼は血の気がなく、まずまず落ち着いており、唇を嚙みしめていた。絞首台の影が彼を覆いかくしていた。

こんどは、ラーゲルカポは死刑執行人の役を拒否した。三人の親衛隊員が彼に代わった。

三人の死刑囚は、いちどきにそれぞれの椅子に乗った。三人の首は同時に絞索の輪に入れられた。

「自由万歳！」と、二人の大人は叫んだ。

子どもはというと、黙っていた。

「〈神さま〉はどこだ、どこにおられるのだ」。私のうしろでだれかが尋ねた。

収容所長の合図のもと、三つの椅子が倒された。

全収容所内が完全に鎮まり返った。地平線には、太陽が沈みかけていた。

「脱帽！」と、収容所長がどなった。その声は嗄れていた。私たちはというと涙を流していた。

「着帽！」

ついで行進が始まった。二人の大人はもう生きてはいなかった。膨れあがり、青みがかって、彼らの舌は垂れていた。しかし三番目の綱はじっとしてはいなかった——男の子はごく軽いので、まだ生きていた……。

三十分あまりというもの、彼は私たちの目のもとで臨死の苦しみを続けながら、そのようにして生と死とのあいだで闘っていた。そして私たちは、彼をまっこうから見つめねばならなかった。私が彼のまえを通ったとき、彼はまだ生きていた。彼の舌はまだ赤く、彼の目はまだ生気が消えていなかった。

私のうしろで、さっきと同じ男が尋ねるのが聞こえた。

「いったい〈神〉はどこにおられるのだ」

そして私は、私の心のなかで、だれかの声がその男に答えているのを感じた。

「どこだって？ ここにおられる――ここに、この絞首台に吊るされておられる……」

その晩、スープは死体の味がした。

第五章

夏が終わりに近づいていた。ユダヤ暦の一年が暮れようとしていた。

この呪われた年の最後の日であるロシュ・ハシャナーの前夜、人々の心に張りわたる緊張ゆえに、収容所全体が帯電したようであった。とにもかくにも、ほかの日とは別の一日であった。一年の最後の日。《最後の》という語が、たいそう異様な響きを発していた。もしこれがほんとうに最後の日だとしたら？

夕食にとても濃いスープが配給されたが、だれも手をつけなかった。みんな、祈りがすむまで待つことにしていた。点呼広場には何千名もの黙りこくったユダヤ人が、電流を通じた有刺鉄線にとり囲まれ、顔をひきつらせて集まってきた。

暗くなりまさった。あらゆるブロックから、囚人たちがほかにもつぎつぎと流れ込んできた。彼らは突如として、時間と空間とに打ち勝つことができ、この両者をみずからの意志に従わせることができる者となっていた。私は怒りをこめて考えていた。《大衆は胸を痛めつつ、〈おん身〉に向かっておのが信仰と怒りと反抗との叫びをあげにきたのですよ。この大衆とくらべたら、〈神〉よ、〈おん身〉はいったいなにものであられるのですか。〈宇宙の主〉よ、この力弱さのすべてに向かいあうとき、この崩壊とこの腐敗とに向かいあうとき、〈おん身〉の偉大さとはなにごとを意味しているのでしょうか。彼らの病める精神、彼らの虚弱な肉体を、なにゆえにいまなお悩ませたもうのですか》

一万名の人々が、ブロック長たちやカポたちなど死の役人どももも、この厳かな勤行に参列しにきていた。

「〈永遠なるお方〉をほめたたえよ……」

導師の声が聞こえてきたのだ。私ははじめ、風かと思った。

「〈永遠なるお方〉のみ名のほめたたえられんことを！」

幾千もの口が讃仰を繰り返し、嵐のなかの樹木のようにひれ伏すのであった。

〈永遠なるお方〉のみ名のほめたたえられんことを！

なぜ、しかしなぜ、私が〈彼〉をほめたたえる気になれようか。私のありったけの神経繊維がいっせいに反抗した。〈彼〉が幾千もの子どもをご自分の穴のなかで焼かせたもうたからなのか。〈彼〉が、サバトの日にも祭日にも、昼夜を問わず、六つの焼却所を活動させたもうたからなのか。

〈彼〉がご自分のおおいなるみ力のもとに、アウシュヴィッツ、ビルケナウ、ブーナ、その他じつに多くの死の工場を創設したもうたからなのか。どうして私が〈彼〉に語りかける気になれようか――「日夜拷問を受けるようにと、私たちの父、母、兄弟が焼却所で果てるのを見るようにと、諸国民のあいだから私たちを選びたもうた、〈宇宙の主〉におわす〈永遠なるお方〉よ、たたえられんことを。おん身の祭壇にて咽喉を抉られるようにと私たちを選び出したもうた〈おん身〉よ、〈おん身〉の〈聖名〉のたたえられんことを」と。

参会者全員の涙と啜り泣きと溜息とのただなかで、同時に力強くもあれば途切れがちでもある導師の声が高まるのを、私は聞いた。

「大地のすべてと宇宙とは〈神〉のものである！」

導師は、これらのことばの奥からその内容を見つけ直す力がないかのように、一瞬ごとにつかえるのであった。旋律が彼の咽喉のなかに詰まって出てこないのであった。

そして私は、かつての神秘家であった私は考えていた。――《そうだ、人間のほうが〈神〉よりも強く、また偉大なのだ。〈おん身〉はアダムとエヴァとに欺かれると、この二人を楽園から追いだしたもうた。ノアの世代がお気に召さなくなると、〈おん身〉は〈大洪水〉を来たらしめたもうた。ソドムが〈おん身〉の目に寵愛に価するものと映らなくなると、〈おん身〉は空から火と硫黄とを降らしめたもうた。しかし、〈おん身〉が欺きたもうたこの人たちは、〈おん身〉が手をつかねて拷問、刺殺、ガス室殺人、焼殺せられるがままに見捨てたもうたこの人たちは、いまやなにをしていることだろうか。彼らは〈おん身〉のみまえで祈っている！　彼らは〈おん身〉の名をたたえている！》

「創造物すべてが〈神の偉大〉を証しだてている！」〔これは導師のことば〕

かつては、元日は私の生活を支配していた。私は、自分の罪が〈永遠なるお方〉を悲しませるのを知って、お赦しを嘆願したのであった。かつては、私の行為のただひとつにも、また私の祈りのただ一句にも世界の救済がかかっていると、心底から信じていたのであった。

今日、私はもう嘆願してはいなかった。私はもう呻くことができなかった。それどころか、私は自分がとても強くなったように感じていた。私は原告であった。そして被告は――〈神〉。私の目はすでに見ひらかれており、そして私はひとりきりであった。〈神〉もなく、また人々もなく、世界にあって恐ろしいまでにひとりきりであった。愛もなく、憐れみもなかった。私はもはや灰燼以外のなにものでもなかった。しかし、私の人生はそれまでじつに長きにわたって〈全能者〉に縛りつけられてきたのに、いまや私はその〈全能者〉よりも自分のほうが強いと感じていた。この祈りの集いのさなかにいて、私は異邦人の観察者のごとくであった。

勤行は〈カディシュ〉によって閉じられた。各自がみずからの両親、子ども、兄弟、そして自分自身のために〈カディシュ〉を唱えた。

しばらく、私たちはそのまま点呼広場に残った。だれひとりこの蜃気楼から思いきってわが身をもぎ放す気になれずにいた。それから就寝時刻になり、囚人たちは小刻みな足どりでそれぞれのブロックに戻った。新年おめでとうと言いかわしているのを、私は聞いた！

私は父を探しに走っていった。しかも同時に、もう本気になれないのに、父に幸福な新年を祝わねばならないことも気が重かった。

父はブロックのかたわらに、背を屈め、重荷を背負っているように肩を落として、壁に倚りかかっていた。私は近づいていき、手をとって接吻した。涙が一滴、その手に落ちた。どちらのだったのか、この涙は。私のか。父のか。私はなにも言わなかった。父もそうだ。私たちはそれまで、たがいにこれほどはっきりと理解しあったことがなかった。

鐘の音がして、私たちは現実につき戻された。寝にいかねばならなかった。とても遠いところから帰ってきたようであった。私は目を挙げて、私のうえにかがみ込んでいる父の顔を見た。枯れしぼんで年老いたその顔に、微笑か、それとも微笑に似たなにかをふっと見てとろうとしたのである。しかし、なにもなかった。影ほどの表情もなかった。打ち負かされて。

ヨム・キプール。〈大いなる赦し〉の日〔贖罪の日ともいう〕。

断食すべきか。この問題が激しく論ぜられた。断食すれば、いっそう確実かつ迅速に死ぬことになるかもしれない。ここでは年じゅう断食している。一年じゅうヨム・キプールだ。しかしなかには、そうしたら危険だからこそ断食すべきなのであって、ここ、この閉ざされた地獄のなかにいてさえ〈神〉への讃仰を歌うことができるのを〈彼〉に示さなくては、と語る者もいた。

私は断食しなかった。まず第一に、私に断食を禁じた父を喜ばせるため。つぎに、もはや断食する理由などなにもなかったから。私はもはや〈神〉の沈黙を承服していなかった。私は、一杯のスープを平らげながら、そうすることが〈彼〉にたいする反逆・抗議の行為になる、と見ていた。

そして私は、私のひとかけのパンを齧っていた。

心の奥底に大きな空隙ができてしまったのを、私は感じていた。

親衛隊員たちは、私たちにすてきな新年の贈りものをしてくれた。

私たちは作業から帰ったところであった。収容所の門を潜ったとたんに、空気中になにかしらただならぬものを感じた。点呼はいつもより簡単に終わった。夕方のスープは大急ぎで配給され、不安のうちにただちに平らげられた。

私はもう父と同じブロックにはいなかった。私は別の作業班、すなわち建築作業班に移されていて、そこで一日に十二時間、重い石材をひきずらなくてはならなかった。こんどのブロックの主任は、背が低く、眼の鋭い、ドイツ育ちのユダヤ人であった。彼がその晩私たちに告げるには、晩のスープのあと、なんぴともブロックの外に出てはならない、とのこと。そしてまもなく、恐ろしい単語が口づてに伝わった。——選別。

私たちはそれがどういう意味か知っていた。これから一名の親衛隊員がわれわれを検定する。彼は、虚弱者——当時の私たちの言い方では《ムスリム》——を見つけるとその番号を書き込む。——焼却所行き相当。

スープのあと、みんな寝台のあいだに集まった。古参たちは語った。

「ここへ連れてこられるのがこうも遅くて、きみたちは運がよかった。二年前と較べたら、今日のこの収容所は楽園だよ。当時のブーナときたら、まったくの地獄だった。水もなく毛布もなく、スープやパンだっていまほどなかった。夜は裸同然で眠ったんだ。しかも三〇度〔華氏三〇度。摂氏マイナス一度に相当〕足らずだった。毎日何百体もの死体が拾い集められたものだ。作業はじつに辛かった。いまではちょっとした楽園さ。カポは、毎日若干数の囚人を殺せという命令を受けていたんだぞ。それに毎週選別でな。無慈悲な選別さ……。そうだ、きみたちは運がいい」

「もうたくさんです！　黙ってくださいよ！」と、私は嘆願した。「その話は、明日か、それとも別の日にしてください」

彼らは大笑いした。彼らがいま古参なのには、それなりのわけがあってのことである。

「怖いのか。おれたちだって怖かったさ。それに怖がるだけのことがあった——昔はな」

老人たちは追いつめられたように、それぞれ隅っこで、押し黙って身動きもせずにいた。祈っている者もいた。

一時間の猶予。一時間後には評決を知ることになる。死か、それとも執行猶予か。

そして父は？　いまになってやっと、私は父のことを思いだした。父にどうして選別を通過できよう。あんなに老い込んでしまって……。


私たちのブロック長は、一九三三年以来あちこちの強制収容所を渡り歩いて、その外に出たことがなかった。彼はすでに、あらゆる屠殺場、あらゆる死の工場を経めぐっていた。九時ごろ、彼は私たちのまんなかに突っ立った。

「Achtung《アハッング》〔気をつけ〕！」

たちどころにしーんとした。

「これから言うことをよく聞いてくれ」。（彼の声が震えているのを、私はこのときはじめて感じとった。）「しばらくすると、選別が始まる。着ているものをすっかり脱ぎ捨てねばならん。それから、つぎつぎと親衛隊の医者のまえを通るのだ。きみたち全員がうまく切り抜けるよう期待している。

だが、きみたち自身が自分のチャンスを高めなくてはいかん。隣の部屋に入るまでに、いくらかでも血色がよくなるよう、なにかしてからだを動かしておけ。ゆっくり歩くな、走れ！　悪魔に追いかけられているみたいに走れ！　親衛隊員たちのほうを見るな。走れ、まっすぐ向いて！」

彼は一瞬ことばを切り、それからつけ加えた。

「そして要は、怖がるな！」

それは、できることなら守りたいが、むりな忠告というものであった。

私は服を脱ぎ、脱ぎがらを寝床に置き去りにした。その晩は、盗まれる危険は皆無であった。

私と同時に作業班の所属の変わったティビとヨッシとがやってきて、私に言った。

「いっしょにいようよ。そのほうが気強い」

ヨッシは口のなかでなにやら呟いていた。きっと祈っていたのだ。ヨッシが信者だとは、私はそれまでぜんぜん知らなかった。それまでずっと、その反対だとさえ思っていたのである。ティビのほうは、ひどく蒼ざめて黙っていた。ブロックの囚人はすべて、裸になって寝台のあいだに立っていた。〈最後の審判〉のときにも、こうして立っているのにちがいない。

「来たぞ！……」

三名の親衛隊将校が、有名なメンゲレ博士を取り巻いていた。ビルケナウで私たちを迎えた男である。ブロック長は微笑しようと努めながら私たちに尋ねた。

「用意はいいか」

そう、用意はよかった。親衛隊の医師たちも同様であった。メンゲレ博士は名簿を手にしていた。私たちの番号がのっているのだ。彼はブロック長に合図をした。「始めてよし！」まるで競技を始めるようであった。

まっさきに通る人たちは、ブロックの《おえらがた》、つまりStubenälteste《シュチユーベンエルテステ》〔室長〕、カポ、監督たちであった。彼らはみな、もちろん身体的条件は完璧であった！　それから、一般囚人の番。メンゲレ博士は、爪先から頭のてっぺんまで検分した。ときどき彼は番号を控えた。私の頭のなかはただひとつの想いでいっぱいであった——うっかり番号を書き留めさせないこと、左腕を見させないようにすること。

私の先にいるのは、もうティビとヨッシだけだった。彼らは通った。メンゲレは彼らの番号を書き込まなかった。私にはそうと見てとるだけの間《ま》があった。だれかが私を押した。私の番であった。私はふり返らずに走った。頭のなかがぐるぐる回っていた。——おまえは痩せすぎだ、おまえは虚弱だ、おまえは痩せすぎだ、おまえは煙突行き相当だぞ……。果てしなく駆けているような感じ。何年もまえから駆けつづけているように思った……。おまえは痩せすぎだ、おまえは弱すぎる……。とうとう辿りついたが、力が尽きかけていた。一息ついてから、私はヨッシとティビとに尋ねた。

「ぼくは書き込まれたかい。」

「いや」と、ヨッシは言った。彼はにこにこしながらつけ加えた。「どっちみち、やつには書きとめようがなかったさ。ああ速く走られちゃあね……」

私は笑いだした。私はしあわせであった。彼らに抱きつきたいくらいであった。この瞬間、他人のことはほとんどどうでもよかった！ 私は書き込まれなかったのである。

番号を控えられた人たちは、仲間全部に見捨てられて脇に寄っていた。黙って涙を流している人たちもいた。

親衛隊の将校たちは立ち去った。ブロック長が姿を現したが、その顔には私たち全員の疲労が反映していた。

「なにもかもうまくすんだ。心配するな。だれにもなにも起こりはしない。だれにもだ……」

彼はなおも微笑しようと努めていた。痩せ細って干からびた、ひとりのあわれなユダヤ人が、声を震わしてがつがつと尋ねた。

「でも……でも、ブロック長《ブロックエルテステ》さん、それでも私は書き込まれたのです！」

ブロック長は怒りを爆発させた。――なんたることか、信じようとしないのか！

「またまた、なにを言うんだ？ たぶん、おれが嘘をついているってか。断乎として、おまえたちに言う。おまえたちにはなにも起こりはしない！ だれにもだ！ ばかなおまえたちめ、そんなに絶望が好きなら勝手に絶望していろ！」

鐘が鳴って、全収容所内で選別が終了したことを告知した。

私は力いっぱい駆けだして第三六号ブロックに向かった。途中で父に出会った。私のところへ来ようとしていたのである。

「どうだい。合格したかい」

「ええ。そして、お父さんは」

「私もだ」

いまや、なんと息が楽になったことか！　父は私に贈りものを持ってきていた。半食分のパン。父は倉庫で靴底をつくるのに役だつはずのゴムを一枚見つけて、それと交換してそのパンを手に入れたのであった。

鐘。もう父と別れて、就寝せねばならなかった。すべてが鐘に合わせて規制されていた。鐘が私に命令を与え、そして私は自動的に命令を実行するのであった。私は鐘を憎んでいた。ときおり、よりよい世界を夢みたりするさいには、私はただ鐘のない世界を想像するだけのことであった。

何日かが経った。私たちはもう選別のことを考えていなかった。私たちはいつもどおり作業に行って、重い石を貨車に積み込むのであった。食事の配給がいっそう貧弱になっていた。それだけが変化であった。

私たちは、その日もつね日ごろと同じく夜明けまえに起きた。ブラック・コーヒーと一食分のパンとを受けとった。それからいつもどおり作業場へ行こうとしていた。ブロック長がそこへ駆けつけてきた。

「ちょっとのあいだ、すこし静かにしてくれ。ここに番号を書いた名簿を持ってきた。いま読みあげる。呼ばれた者は、今朝は作業に行かないでよい。収容所に残っていてくれ」

そして彼は、張りのない声で十人ほどの番号を読みあげた。私たちにはもうわかっていた。選別された人たちだ。メンゲレ博士は忘れてはいなかったのだ。

ブロック長は自室のほうへ向かった。十人ほどの囚人が彼をとり巻き、その衣服に縋りついた。

「助けてください！　約束してくださったのに……。作業場へ行きたいんです。作業するだけの体力があります。ちゃんとした労働者ですよ。できるんです……したいんです……」

彼は、彼らを落ちつかせ、彼らの運命について安心させ、収容所に居残ることになってもたいした意味はない、悲劇的な意味などない、と説明して聞かせようとした。

「おれだって、毎日ちゃんと居残っている……」

それはいくぶん薄弱な論拠であった。彼はそのことに気づき、もう一言もつけ加えず、自室に閉じこもった。

鐘が鳴ったばかりであった。

「整列！」

いまや、作業が苛酷であろうと、たいした問題ではなかった。要は、ブロックから遠くに、死の坩堝から遠くに、地獄の中心から遠くに来ていることであった。

父が私のほうへ駆けて来るのが見えた。私はいきなり怖くなってきた。

「どうしたの？」

父は息を切らしていて、なかなか口を利けずにいた。

「私もだ……私もだ……。収容所に残るように言われた」

彼らは、父が気づかぬうちに番号を書き込んでいたのだ。

「どうするのかしら」と、私は不安に駆られて言った。

しかし、父のほうから私を安心させようとした。

「まだ決まっていないのだよ。まだ逃れる機会はある。きょう、二度目の選別をすることになっている……決定的選別をね……」

私は黙っていた。

父は、時間が押し迫っているのを感じて、早口で話した。とてもたくさんのことを言っておきたかったのだ。ことばがこんぐらかり、声が詰まるのであった。私がしばらくしたら出かけねばならないのを、父は知っていた。父はこれからひとりきりに、まったくひとりきりになるのだ……。

「さあ、このナイフをとっておくれ」と、父は言った、「私はもう要らないのだ。おまえの役に立つかもしれないからね。そして、このスプーンもとっておくれ。売るんじゃないよ。お急ぎ！　さあ、あげるものをとっておくれ！」

遺産……。

「そんな言いかたをしないでよ、お父さん」。（私はいまにもわっと泣きだしそうな感じがしていた。）「そんなこと、言ってもらいたくないんだ。スプーンもナイフも持っていてよ。ぼくと同じに、お父さんにだって要るんだから。今晩、作業が終わったら、また会おうね」

疲れて、絶望で曇った目で、父は私をじっと見た。そして、ことばを継いだ。

「おねがいだ……。これをとっておくれ、さあ坊や、言うとおりにしておくれ。もう暇がない……。お父さんが言うとおりにしておくれ」

私たちのカポは、前へ進め、という命令を大声で発した。

作業班は収容所の門のほうへ向かった。左、右！　私は唇を嚙みしめていた。父は、ブロックのそばに留まったまま、壁によりかかっていた。それから駆けだして、私たちに追いつこうとした。たぶん、なにか言い忘れていたのだろう……。しかし、私たちの足が速すぎた……。左、右！

私たちはすでに門まで来ていた。騒々しく軍楽が奏でられるなかで、私たちは人数を数えられていた。私たちは外に出ていた。

一日じゅう、私は夢遊病者のようにほっつき歩いた。ティビとヨッシとは、ときどき親しみのこもったことばを投げかけてくれた。カポもまた、私を安心させようとするのであった。彼は、きょうはいつもより楽な作業を割り振ってくれた。私は胸がむかむかしていた。彼らはなんと親切に扱ってくれることか！　まるで孤児のように。私は考えていた。——いまだって、父はまだぼくを助けてくれている。

自分がなにを望んでいるのか、一日が早く過ぎてほしいのか、そうでないのか、私には自分でもわからなかった。私は晩になってひとりきりになるのが怖かった。ここで死ねたらどんなによかろう！

私たちはとうとう帰路についた。そのとき私は、なんと駆け足を命じてもらいたかったことか！

行進曲。門。収容所。

私は第三六号ブロックめがけて駆けだした。

地上にはまだ奇蹟があったのか。父は生きていた。父は二度目の選別で助かったのであった。役立てると、ふたたび立証できたのであった……。私は父にナイフとスプーンとを返した。

アキバ・ドリュメールは、選別の犠牲者となって私たちと別れた。彼は最後のころ、ガラスのような目をして、会う人ごとに「もうだめだ……おしまいだ……」と言って自分の衰弱ぶりを話しながら、私たちのあいだを当てどなくほっつき歩いていた。彼を元気づけることはできなかった。人がなにを話しても、聞いてはいなかった。彼はただ、繰り返すばかりであった。——自分にとってはなにもかもおしまいだ、もう戦いに耐えられない、もう力も信仰もないのだ、と。彼の目は一挙に虚ろになり、もはやぽっかり口を開けた二つの傷、恐怖を湛えた二つの井戸にすぎなくなっていた。

この選別前後の日々に信仰を失ったのは、彼ひとりではなかった。ポーランドのある小都市のラビで、背中をかがめ、いつも唇をふるわせている老人と、私は知りあいになっていた。彼は、ブロックのなかでも、作業場でも、列中でも、四六時中お祈りをしていた。彼は、〈タルムード〉をまるごと何ページも暗誦し、自分自身を相手に議論をし、自問自答していたものである。そしてある日、彼は私に言った。

「おしまいです。〈神〉はもう私たちといっしょにはおられません」

そしてこういうことばを、かくも冷然と、かくもそっけなく口にしてしまったのを後悔したかのように、彼は生気の消え失せた声でつけ加えた。

「わかっています。こんなことを言ってはならないのです。それはよくわかっています。人間はあまりにも小さく、あまりに情けなくも微小ですから、〈神〉の神秘な道を理解しようとすることなどできはせんのです。しかし、この私になにができましょう。この私に。私は〈賢人〉でなく、〈義人〉でなく、〈聖人〉ではありません。私は肉と骨とでできた一介の被造物です。魂のなかで、また肉のなかで、私は地獄の苦しみに耐えています。私には目だってあり、ここで行われていることを見ております。神の〈慈悲〉がどこにありますか。〈神〉はどこにおられますか。あの慈悲ぶかい〈神〉を、どうして信ずることができましょう。どうして人は信ずることができましょう」

あわれなアキバ・ドリュメール。もし彼が〈神〉を信じつづけることができ、この受難のうちに〈神〉の下したもうた試練を認めつづけることができたとしたら、彼は選別によって運び去られはしなかったであろうに。しかし、自分の信仰に罅《ひび》が入りだしたのを感じとるやいなや、彼は戦う理由を失ってしまい、そして彼の臨死の苦悶が始まったのであった。

選別がやってきたとき、彼は前もって刑の宣告を受けていて、みずからの首を死刑執行人にさしのべていた。彼は私たちにただこれだけのことを頼んだ。

「三日したら、ぼくはもうこの世にはいない……。ぼくのために〈カディシュ〉を唱えてくれ」

私たちは彼に約束した。——三日して煙突から煙が立ちのぼるのを見たら、きみのことを考えよう。ぼくたち十人が集まって、特別の勤行をしよう〔ユダヤ教徒が死者を偲んで〈カディシュ〉を唱えるには、十人の信者からなる集団（ミニヤン）を要するとの規定がある〕。友だちみなで〈カディシュ〉を唱えよう、と。

それから彼は、振り返りもせずに、まずまずしっかりした足どりで病院の方角へ去っていった。彼をビルケナウへ運んでゆくために、そこには病院車が待ちうけていた。

それから、ものすごい日々がやってきた。私たちは、食べものより殴打を食らうほうが多かった。作業で押し潰されそうであった。そして彼が去ってから三日後、私たちは〈カディシュ〉を唱えることを忘れた。


冬が来ていた。日が短くなり、夜はほとんど耐えがたくなった。明け方早い時刻には、凍てついた風が鞭のように私たちを叩きのめすのであった。私たちは冬服を与えられた。いくぶん厚手の縞シャツである。古参たちは、これを機会にまたまた嘲弄した。

「さあ、おまえたちも、これからほんとうに収容所の味がわかるぜ!」

私たちは冷え切ったからだで、いつもどおり作業に出かけるのであった。石はひどく冷たくて、手を触れたなり、貼りついて離れなくなりそうであった。しかし、なにごとにも慣れがくる。

クリスマスと元日には作業がなかった。いつもほど薄くないスープにもありつけた。

一月なかばごろ、私の右足は寒さのせいで腫れてきた。私はもう右足を地面につけられなくなった。私は診察を受けにいった。医師——背の高いユダヤ人の医師で、私たちと同じく囚人であった——はきっぱりと言った。「手術しなくては！　ぐずぐずしていると、足指を、もしかすると脚まで切断しなくてはならなくなるよ」

あげくの果てにこの始末か！　しかし、私には選択の余地がなかった。医師が手術を決心したからには議論の余地はなかった。このお医者さんが決定を下してくれたことに、私は満足を覚えてさえいた。

私は、白いシーツを敷いた寝台に寝かされた。世間の人はシーツにくるまれて眠るものだということを、私は忘れてしまっていたのである。

病院というところは、まったく結構ずくめであった。上等なパンや、よそより濃いスープにもありつけた。ここにはもう、鐘も、点呼も、作業もなかった。ときには、ひとかけのパンを父のもとに届けてもらうことができた。

私のそばには、下痢にとりつかれたハンガリー育ちのユダヤ人が寝ていた。骨と皮ばかりで、目から生気が消えていた。声が聞こえるばかりで、そればかりが彼の命の唯一の現れであった。口を利く力はどこから得ていたのであろうか。

「喜ぶのは早すぎるよ、坊や。ここにだって、選別があるんだ。外より頻繁なくらいにな。ドイツには、病人のユダヤ人なんか無用だ。ドイツには、おれなんか無用だ。つぎの輸送隊が着いたら、おまえの隣は新しい男になるよ。いいか、よく聞いて、おれの言いつけを守るんだぞ。選別のないうちに退院しろよ！」

こうしたことばが、地の底から、顔のないひとつの形のなかから出てきて、私の胸を恐怖でいっぱいにさせた。たしかにそうだ。病院はひどく狭いから、もし近日中に新しい病人が入ってきたら場所を空けなくてはなるまい。

しかし、おそらく顔のない隣の男は、まっ先に犠牲者として選ばれはせぬかと心配で、生き残る機会を得たくて、私を追い出し、私の寝台を空にしておこうと思ったにすぎないのかもしれない。おそらくは、私を怖じ気づかせたかったのかもしれない。しかしながら、もし彼の言うとおりだとしたら？　私はことの成りゆきを待つことにした。

医師がやってきて、翌日手術をすると告げた。

「恐がるんじゃないよ」と、彼はつけ加えた、「なにもかもうまくいくんだから」

午前十時、私は手術室へ連れていかれた。《私の》お医者さんがその場にいた。私は力強く思った。この人がいてくれるのだから、ぼくの身に重大なことなどなにひとつ起こるわけがない、と感じた。彼の一言一言が慰安であり、まなざしを向けられるたびに希望の合図に接する思いをした。

「ちょっと痛いよ」と、彼は私に言った。「でもその時だけだ。歯を食いしばって」

手術は一時間かかった。麻酔なしであった。私は、私の医師から目を離さずにいた。ついで自分が沈んでゆくのを感じた……。

われに返って目を開けたとき、はじめ、一面に広がっている白いものしか見えなかった。シーツだった。それから、私の医師の顔がのぞき込んでいるのに気づいた。

「なにもかもうまくいったよ。きみは元気があるね、坊や。これから、ここに二週間いて、しかるべく休息するんだ。そうすればすっかりよくなるよ。たくさんお食べ、からだと神経を休めることだ……」

私は彼の唇の動きを追っているにすぎなかった。私になにを言っているのか、かろうじてわかったにすぎない。しかし、虫の羽音のような彼の声は、私にとって快かった。だしぬけに、冷や汗が私の額を覆った。自分の脚が感じられなくなっていた！　切断されてしまったのであろうか。

「先生」と、私は口ごもった、「先生？」

「どうしたの、坊や」

私には尋ねる勇気がなかった。

「先生、咽喉が渇くんです……」

彼は水を持って来させた。彼は微笑んでいた。彼は外に出て、ほかの患者の様子を見にいこうとしていた。

「先生？」

「なんだね」

「まだ脚を使うことができるんでしょうか」

彼の顔から微笑が消えた。私はたいへん恐ろしかった。彼は私に言った。

「坊や、ぼくを信頼しているかい」

「とっても信頼しています、先生」

「よろしい。よく聞いておくれ。二週間したら、すっかりもとどおりになるよ。ほかの人たちのように歩くことができるようになるよ。足の裏に膿がたまっていたんだ。その膿がたまったところを切開しなくてはならなかったが、それだけのこと。切断したわけじゃない。いまにわかるけど、二週間経ったらほかのみんなと同じように散歩できるんだよ」

私はいまはもう、二週間待つばかりであった。


しかし、はやくも手術の翌日には、前線がいきなり近づいたという噂が収容所内に流れた。赤軍がブーナめがけて押し寄せており、もはや時間の問題にすぎない、というのである。

私たちは、すでにこの種の噂には慣れていた。贋予言者が、《世界全面講和》だの、《われわれを釈放するための赤十字との交渉》だの、その他数々のでたらめを告げたのはこれが初めてではなかった……。そしてしばしば、私たちはこれを本気にした……。一種のモルヒネ注射であった。しかし今度は、これらの予言がいままでより根拠ありげに思われた。最近の幾夜か、遠方に砲声が聞こえたからである。

隣に寝ていた顔なし男がそのとき口を利いた。

「うかうか幻想に乗せられなさんなよ。ヒトラーはきっぱり言い切ったんだから。時計が十二時を打ちやまないうちに、ユダヤ人が最後のボーンを聞けないうちに、ユダヤ人をみんな絶滅してやると」

私はかっとなって言った。

「それだからって、あなたにとってどうなんですか。われわれはヒトラーを預言者とみなさなくてはいけないんですか」

生気が消え、凍りついた彼の目が私を凝視した。彼はしまいにもの倦げな声で言った。

「ぼくはほかのだれより、ヒトラーに信頼を置いているのさ。なにしろユダヤ民族にたいして、自分の約束を、自分のすべての約束を守ったのは彼ひとりなんでね」

同日午後四時、いつもどおり鐘が鳴って、ブロック長全員が連絡のために呼び寄せられた。ブロック長たちはうちひしがれて戻ってきた。彼らはなかなか口を開けないでいたが、とうとう《撤退》という語を発した。収容所はからっぽにされ、そして私たちは後方へ送られる、というのである。どこへか。ドイツ奥地のどこかへ。別の収容所へ。——収容所はいくらでもあった。

「いつですか」

「明晩」

「たぶん、ロシア兵のほうが先に着くでしょう……」

「たぶんね」

そうはいかないのを、私たちはだれもがよく知っていた。

収容所は蜂の巣をつついたようになっていた。人々は走りまわり、声をかけあっていた。どのブロックでも出発準備をしていた。私は足を病んでいることを忘れてしまった。医師がひとり病室に入ってきてこう告げた。

「明日、日没後ただちに、収容所は行進を開始する。ブロックごとに、あいついで発進する。病人は病棟に留まってよい。病人は撤退させない」

この知らせを聞いて、私たちは考え込んでしまった。親衛隊員は、解放者が到着するまで、何百人もの囚人に病院ブロックで羽を伸ばさせておくであろうか。彼らはユダヤ人に十二時が鳴るのを聞かせてくれるであろうか。あきらかに、ありえない。

「病人はすべて、銃口をつきつけられて仕止められるのさ」と、顔なし男は言った。「そして、最後の一竈分として焼却所に投げ込まれるんだな」

「収容所にはきっと地雷が仕掛けてある」と、別の男が言った。「撤退後ただちに、なにもかもふっ飛ぶんだ」

私はというと、死のことを考えてはいなかった、ただ父と別れたくなかった。私たちはこれまですでに二人して、あれだけひどい目に逢い、そしてあれだけ耐えてきた。いまになって別れるものか。

私は父を探しに外へ飛びだした。雪が深く積もり、どのブロックの窓も霧氷で蔽われていた。私はいっぽうの靴を手にして――右足には靴をはけなかったから――走っていった。痛みも冷たさも感じないで。

「どうしよう」

父は答えなかった。

「どうしよう、お父さん」

父はもの思いに沈んでいた。選択は私たちの手中にあった。このときばかりは、自分の境遇を自分で決められたのである。二人とも病院に留まるか——私の医者に頼んで、患者か看護人として父を病院へ入らせることができたのである。それとも、ほかの人たちについてゆくか。

私は、父の行くところならどこにでもついていこうと決心していた。

「ねえ、どうしよう、お父さん」

父は黙っていた。

「ほかの人たちといっしょに撤退しようよ」と、私は父に言った。

父は返事をせず、私の足を見つめていた。

「歩けると思うかい」

「うん、そう思うよ」

「あとで悔やむことにならなければな、エリエゼル」

戦後になって、私は病院に留まった人たちがどうなったか知った。撤退から九日後、彼らはロシア軍によってあっさり解放されたのである。

私はもう病院へは戻らなかった。私は自分のブロックに行った。傷口が開いて出血していた。私が踏んで歩くと、雪が赤く染まっていった。

ブロック長は、行軍中の糧食として二食分のパンとマーガリンとを配給していた。服とシャツとは、倉庫に行って欲しいだけ取ってくることができた。

寒かった。みんな床に就いた。

ブーナでの最後の夜。いまひとたび、最後の夜。家での最後の夜、ゲットーでの最後の夜。貨車での最後の夜、そしていまやブーナでの最後の夜。私たちの生活は、ある《最後の夜》から別の《最後の夜》へと、さらにいつまで尾を引いてゆくのか。

私はすこしも眠らなかった。霧氷のこびりついた窓ガラス越しに、赤い微光がきらめいては消えていった。砲声が夜の静けさをひき裂くのであった。ロシア軍はなんと近くに来ていたことか！彼らと私たちとのあいだを隔てるのは――一夜分の行程。それが私たちの最後の夜。隣あわせの寝台どうし、囁きかわしていた。――少しばかり運がよければ、ロシア軍が撤退までにここへやってくる、と。いままた、希望の息吹きがかよっていた。

だれかが叫んだ。

「なんとかして眠ろう。移動のための力をつけておくんだ」

この声を聞いて、私はゲットーで母がさいごにしてくれた勧めを思いだした。

しかし、私はとうとう寝つけないでしまった。足が焼けつくように痛んでいた。

朝になると、収容所は相貌を変えていた。囚人たちは異様ないでたちをしていた。まるで仮装舞踏会であった。だれもかれも、寒さからよりよく身を守ろうと、幾枚もの服を重ね着していたのである。丈よりも幅のほうがある、生きているというよりむしろ死んでいる、あわれな曲芸師たち。小山のように着ぶくれした徒刑囚服のなかから、幽霊然たる顔をのぞかせている、あわれな道化師たち！　パリアッチ〔イタリア喜劇の道化役者〕の群れ。

私は特大の靴を見つけようと努めた。むだであった。私は毛布をひき裂いて、傷ついた足にまきつけた。それから、収容所内をほうぼうほっつき歩いて、もうすこし余分のパンと何個かの馬鈴薯とがないものかと探しまわった。

チェコスロヴァキアへ連れていかれるのだ、と言う者がいた。違う、グロス＝ローゼンだ。違う、グライヴィッツだ。違う……。

午後二時。雪はあいかわらず霏々《ひひ》として降りつづいていた。

いまや時間は早々と経っていった。もうたそがれが来た。光が墨絵のなかに消えていった。

ブロック長はだしぬけに、ブロックの掃除を忘れていたのを思いだした。彼は四名の囚人に床洗いを命じた……。収容所を去る一時間前になって！　なぜだ。だれのためか。

「解放軍のためだ」と、彼は叫んだ。「ここに暮らしていたのが豚ではなくて人間だったのを、彼らに知ってもらうのだ」

では、私たちは人間であったのか。ブロックは徹底的に掃除され、隅の隅まで洗われた。

六時に鐘が鳴った。弔鐘。埋葬。行進が始まろうとしていた。

「整列！　急げ！」

瞬くまに、私たちはブロックごとに全員整列をすませた。日が暮れたばかりであった。なにもが予定どおり整っていた。

投光機が点された。何百名もの武装した親衛隊員が、シェパードを引きつれて暗がりから躍りでた。雪はやむことなく降っていた。

収容所の門という門が開かれた。門の向こう側には、さらにいっそう暗い夜が私たちを待ちうけているかに見えた。

先頭のいくつかのブロックが動きだした。私たちは待っていた。先行する五十六のブロックが出てしまうまで待たねばならなかった。ひどく寒かった。私のポケットには二片のパンがあった。できることなら、どんな食欲をみせて食べたであろうか！　しかし、私は食べてはならなかった。いまはまだ。

私たちの順番が近づいていた。第五三号ブロック……第五五号ブロック……。

「第五七号ブロック、前へ、進め！」

雪が果てしなく降っていた。

第六章

凍てついた風が激しく吹いていた。しかし、私たちはひるまずに進んでいった。

親衛隊員は私たちに足を速めさせた。「もっと急げ。野郎ども、虱たかりの犬どもめ！」よしきた。動いたのでいくらか温かくなってきた。血のめぐりがよくなった。生き返ったような感じがした……。

「もっと急げ、虱たかりの犬どもめ！」もう歩いてはいなかった、走っていた。自動人形のようであった。親衛隊員もやはり、武器を手にして走っていた。私たちは彼らに追われて逃げてゆく格好であった。

まっくらな夜。ときおり銃声が闇を破った。彼らは、駈け足のリズムを保てない者を射殺せよ、との命令を受けていたのである。彼らは、引き金に指をかけていて、手控えすることなく命令を実行していった。私たちのだれかが一秒間でも立ち止まると、一発の乾いた銃撃が一匹の虱たかりの犬を抹殺するのであった。

私は自動的に足を交互にまえへ出していった。骸骨じみていながら、からだはいまだにこうも重い。私はそのからだをひきずっていた。もし、これを厄介払いできるものなら！　考えまいとして努力しているのに、私は自分がふたつに分かれているのを感じていた。――からだと私とに。私はからだを憎んでいた。

私は心のなかで繰り返した。《考えるな、立ち止まるな、走れ》

私のかたわらで、何人かの男が汚れた雪のなかにくずおれていった。そのたびに、銃撃。

私の横をザルマンという名のポーランド出身の若者が走っていた。彼はブーナの電気資材倉庫で作業していた。彼はいつもお祈りをしたり、〈タルムード〉にかんするなにかの問題を考え込んだりしていたので、みなにからかわれていた。それは彼にとって、現実から逃れ、殴打を感じないですむための手だてだったのに……。

彼はとつぜん胃痙攣にとりつかれた。「腹が痛い」と、彼は私に囁きかけた。もう続かない。ちょっと立ち止まらなくては、というのだ。私は彼に頼み込んだ。

「もうちょっと待ってくれ、ザルマン。まもなく、全員停止するよ。こんなにして世界の果てまで走ってゆくものか」

しかし、彼は走りながらボタンをはずしにかかり、そして私に叫びかけた。

「もうだめだ。腹が破裂する……」

「ひとがんばり、ザルマン……。なんとか……」

「もうだめだ」と、彼は呻いた。

彼はズボンを下ろして、へたへたとしゃがみ込んだ。

それが私に残っている彼の最後の姿である。思うに、親衛隊員が彼を仕止めたのではない。それというのも、だれも彼を見ていなかったからである。彼はきっと、あとから来た数千名の足に踏み潰されて死んだのだ。

私は彼のことをすぐに忘れた。また私自身のことを考えだした。足の痛みのせいで、一歩ごとに悪寒が私を揺すぶっていた。《あと数メートル》と、私は考えた、《あと数メートル、そうすればおしまいだ。ぼくは倒れるぞ。小さな赤い炎……。一発の銃撃》。死にくるまれて、しまいには窒息しそうであった。死が私に貼りついていた。触れれば触れられるだろう、という感じ。死ぬのだ、もういなくなるのだ、という思いが私を呪縛しかけていた。もう存在しなくなる。もう足のものすごい痛みを感じなくなる。もうなにも、疲れも、寒さも、なにも感じなくなる。列外に飛びだし、道端のほうへふらふら滑ってゆく……。

ただ、父がそばにいることだけが、私がそうするのを妨げていた……。父は、私の横を、息を切らし、力も尽きかけ、追いつめられて走っていた。私には勝手に死んでゆく権利はなかった。私がいなくなったら、父はどうするのか。私は父の唯一の支えであった。

こうした想念がいっとき私の心を占めていた。私はそのあいだ、痛む足のことも感ぜず、自分が走っていることすらわからず、ほかの幾千人ものただなかで街道を早駆けしてゆくからだを持っている、との意識もなく走りつづけていた。

われに返ったとき、私は少し歩度を緩めようとした。しかし、そうしようにも手だてがなかった。あとからあとから波濤をなして続く人々は、まるで高潮のように波頭を散らせて押し寄せ、私を一匹の蟻のように押し潰してしまったことであろう。

私はもはや夢遊病者でしかなかった。瞼を閉ざすことがあり、すると眠りながら走っているようであった。ときどきだれかが私をうしろから乱暴に押し、私は目を覚ますのであった。押した男はどなった。「もっと早く走れ。もし進みたくないなら、あとから来る者を先に通せ」。しかし、一秒間目をつぶっただけで、私は大勢の人がいっせいに行列してゆくさまを見ることができ、また全生涯を夢みることができるのであった。

果てしない道。おとなしく群衆に押されてゆく、おとなしく盲目の宿命にひきずられてゆく。親衛隊員は、疲れると交代が出てきた。私たちは、だれにも交代してもらえなかった。走っているのに、手足は寒気に麻痺し、咽喉は乾き、腹は減り、息は絶え絶えになった。それでも私たちは走りつづけていた。

私たちは自然を支配し、世界を支配していた。私たちは、死も疲労も用便も、すべてを忘れてしまっていた。寒さや空腹よりも強く、銃撃や死への欲求よりも強く、死刑囚にして流浪の民であり、たんなる番号となりながらも、なおかつ私たちばかりが地上に生きている人間であった。

とうとう、白みがかった空に明けの明星が現れた。茫漠とした明るみが地平線にたゆたいだした。私たちはもうどうにもならず、力もなく、幻想もなくなっていた。

指揮官は、私たちが出発以来すでに七十キロメートル進んだと告げた。私たちはとうに疲労の限界を越えていた。私たちの脚は、わが意に反して、わが意を無視して機械的に動いていた。

私たちは、とある見捨てられた村を通り抜けた。人っ子ひとりいなかった。犬の吠え声ひとつ聞こえなかった。窓がぽっかり開いている家々。何人かが列外にこっそり抜け出て、人けのないどこかの建物に隠れようと試みた。

さらに一時間進んで、とうとう休憩の命令が届いた。

私たちはいっせいに、雪のなかに力なく坐り込んだ。父は私を揺すぶった。

「ここではいけない……。起きるんだ。もう少し向こうに。あちらに倉庫がある……。おいで……」

私は起きあがりたくはなかったし、起きあがる力もなかった。それでも言うことを聞いた。そこは倉庫ではなく煉瓦工場で、屋根は抜け、ガラス窓は割れ、壁には煤がこびりついていた。入り込むのは容易ではなかった。何百もの囚人が戸口のまえで押しあっていた。

私たちはやっとの思いで入ることができた。そこにもやはり雪が深く積もっていた。私はへたり込んだ。いまになってやっと、私は疲労のほどを感ずるのであった。私には、雪がとても柔らかく、とても暖かい絨毯のように思えた。私はまどろんだ。

どのくらい眠ったのか、私にはわからない。数瞬間か、それとも一時間か。目を覚ますと、氷のように冷たい手が私の頬を軽く叩いていた。私は瞼をあけようと努めた。それは父であった。

昨晩から、なんと老け込んでしまったことか！　からだはよじれによじれ、ちぢこまっていた。目は石と化し、唇は色褪せ、腐れがきて、どう見ても極度に疲れ果てていた。声は涙と雪とで湿っぽかった。

「エリエゼル。うかうかと眠り込んではいけないよ。雪のなかで眠り込むのは危険なのだ。眠ったまま覚めなくなる。おいで、坊や、おいで。起きなさい」

起きるんだって。どうしたら起きられよう。どうしたらこの心地よい和毛《にこげ》から身を抜きだせよう。父のことばは聞こえてはいたが、その意味はからっぽに感ぜられた。まるで倉庫全体を腕の先で担げ、と言われたようであった……。

「おいで、坊や、おいで……」

私は歯を食いしばって起きあがった。父は腕で私を支えながら、戸外へ連れだした。あまり容易なことではなかった。入るのと同じく、出ることも難しかった。私たちの足もとでは、押し潰され、踏みしだかれた人たちが臨死の苦しみと闘っていた。だれもそれに気をとめてはいなかった。

私たちは外に出た。凍てついた風が私の顔を鞭うった。唇が凍りつかないように絶えず唇を噛みつづけていた。まわりのすべてが死の舞踏を舞っているように見えた。目が回りそうであった。私は墓地を歩いているようであった。薪そっくりに硬ばったからだのあいだを。悲嘆の叫びひとつなく、泣き声ひとつなく、ただ黙りこくった集団的な臨死の苦悶あるのみ。だれひとり、だれに助けを嘆願することもなかった。死なねばならないから死んでいった。とやかく言う者はいなかった。

硬直したからだに出会うごとに、私は私自身を見る思いをした。そしてまもなく、もはや私には彼らさえ見えなくなり、その仲間のひとりになってしまうだろう。時間の問題だ。

「来てよ、お父さん、倉庫に戻ろう……」

父は返事をしなかった。死者たちに目を向けてもいなかった。

「来てよ、お父さん。向こうのほうがいい。ちょっと横になれるもの。代わり番こに。ぼくがお父さんの番をするから、あとでお父さんがぼくの番をして。それなら、うっかり眠り込んだりはしないよ。おたがいに見張りをするんだ」

父は承知した。たくさんのからだや死体を踏みつけたあげく、私たちはどうにかまた倉庫に入ることができた。私たちは力なく坐り込んだ。

「なにも怖がることはないよ、坊や。眠りなさい、眠っていいよ。私が番をしている」

「お父さんのほうが先だよ。眠ってよ」

父は拒んだ。私は横になり、眠ろう、ちょっとうとうとしよう、と努めた。だが、できなかった。少しでも眠れるためなら、私はどんなことをしたろうか、それは〈神さま〉しかご存じない。しかし私は心の奥底で、眠るのは死ぬことを意味しているのを感じていた。そして私の内側のなにものかが、この死にたいして反抗していた。私のまわりで、死が音もなく、乱暴でもなく腰を据えにかかっていた。死は、だれかしら眠りこんだ者を捉え、その男の内側にそっと忍びこみ、そして少しずつ貪り食ってゆくのであった。私の横で、だれかが隣の男を目覚ませようとしていた。兄弟かもしれず、仲間かもしれなかった。無駄であった。彼はかいのなさに気落ちして、その死体のそばにこんどは自分が横になり、そして彼もまた眠り込んでいった。だれがこの男を目覚ますのであろうか。私は腕を伸ばしてその男に触った。

「目を覚ましなよ。ここで眠ってはいけない……」

彼は瞼をかすかに開けた。

「忠告ご無用だよ」と、彼は響きのない声で言った。「くたばっちまった。ほっといてくれ。行っちまえ」

父もまた静かにまどろんでいた。父の目は隠れて見えなかった。帽子で顔を覆っていたからである。

「目を覚ましてよ」と、私はその耳もとに囁いた。

父はぎくっとした。彼は坐りなおし、途方にくれ、茫然としてあたりを見まわした。孤児の目つき。まるで自分の世界の財産目録を作成し、自分がどこに、いかなる場所に、いかにして、なにがゆえに来ているのか知ろうと突如として決意したかのように、まわりのあらゆるものをひとわたり見渡した。それから父は微笑んだ。

私はこの微笑をいつまでも憶えているであろう。それはいかなる世界から来たのであろうか。累々たる死体にかぶさって、雪は引きつづき霏々として舞い落ち、厚く積もっていった。


倉庫の戸が開いた。老人がひとり、姿を現した。口髭には霧氷がつき、唇は寒さで蒼くなっていた。ラビ・エリヤフーといって、ポーランドの小さなユダヤ人共同体のラビであった。ごく親切な人で、収容所じゅうの人たちが、カポやブロック長たちでさえ、彼を大切に思っていた。試練と不幸とにもかかわらず、彼の顔からは引きつづき内面の清らかさが放射していた。ブーナでだれもがけっして言い落とさずに《ラビ》と称号をつけて呼んでいたのは、ただこのラビのみであった。つねに民衆のさなかにいて彼らを慰めた、あの往年の預言者たちのだれかに、彼は似ていた。そしてふしぎなことに、彼の慰めのことばはなんぴとの反感をも買わなかったのである。彼のことばはほんとうに人の心を鎮めるのであった。

彼は倉庫に入ってきて、これまでにもまして目を光らせながらだれかを探しているらしかった。

「もしかして、どこかで私の息子を見かけた方はいらっしゃいませんか」

彼は混雑にまぎれて息子を見失ってしまい、瀕死者のあいだを探したがむだだったし、ついで雪を掻きのけて息子の死体を見つけだそうとしたのにかいがなかった、とのことであった。

三年間というもの、この親子はいっしょに耐え抜いてきたのである。苦難に、殴打に、配給のパンに、またお祈りにかけても、二人はいつもいっしょであった。収容所から収容所へ、選別から選別への三年間。そしていまや——終わりがそこまで来たように見えるいまになって——宿命が二人を引き離したのである。ラビ・エリヤフーは私のそばに来て呟いた。

「路上でのことでした。私たちは行軍中にはぐれてしまったのです。私はいくぶん隊列のあとのほうに取り残されていました。もう走る力がなくなっていたのです。そして、息子はそれに気づかなかったのですね。それから先はなにもわかりません。どこへ消えたのでしょう。どこに行ったら見つかるでしょう。ひょっとして、どこかで見かけられませんでしたか」

「いいえ、ラビ・エリヤフー。お見かけしませんでした」

すると彼は、来たときのように立ち去っていった——風に吹き払われる亡霊のように。

彼がもう戸口を跨ぎ越えてから、私はだしぬけに思いだした。私は彼の息子が自分と並んで走っているところを見たのだった。私はそのことを忘れてしまい、ラビ・エリヤフーに言わずにしまったのである！

それから、別のことまで思いだした。ラビが足を引きずって、遅れがちになり、隊列の後尾へ下がってゆくのを、彼の息子は見たのであった。そう、見たのであった。それでいて、二人のあいだが隔たってゆくのに、彼の息子は構うことなく先頭を走りつづけたのであった。

恐ろしい考えが、私の心にふっと浮かびあがってきた——彼は父親を厄介払いしようと思ったのだ！　彼は父親が弱ってゆくのを感じ、これでもうおしまいだと思って、こうして離ればなれになった機会を捉えて、この重荷を振り落とそうとし、自分自身が生き残る機会を減殺するかもしれない荷物から免れようとしたのだ。

私はこのことを忘れていてよかった。そして、ラビ・エリヤフーが最愛の息子を探しつづけているのを嬉しく思った。

そしてわれにもなく、もう信じてはいないあの〈神〉に向かって、私の心のなかである祈りが目を覚ましたのである。

「〈神〉よ、〈宇宙の主宰者〉よ、ラビ・エリヤフーの息子が為せしことを断じて為さざる力を、われに与えたまえ」

戸外ではもう日が暮れていたが、そのとき中庭から叫び声が起こった。親衛隊員たちが、ふたたび列を組めと命じていたのである。

行軍が再開された。死者たちは中庭の雪に埋もれて、殺害された忠実な番兵たちさながら、墓所もないままに留め置かれた。だれひとり、彼らのために死者への祈りを唱えた者はいない。息子たちは、一滴も涙を浮かべずに父親の遺骸を見捨てていった。

路上には、雪、雪、雪が、果てしなく降っていた。行軍はより緩慢になった。監視兵自身、疲れてきたように見えた。私の傷ついた足はもう痛まなくなっていた。——きっと完全に凍傷にかかったのだ。この足は、もうぼくの役に立たない。車輪が車体から外れるように、それはぼくのからだから外れてしまった。仕方ない。われとわが身に申し渡さねばならぬ、片脚だけで生きるとしよう、と。要は、それを考えないことだ。なかんずく、いまは。考えごとはあとまわしにしよう。

私たちの行軍は、規律の見かけまで失い尽くしていた。各自が好きなように、自分にできる仕方で進んでいった。もはや銃声は聞こえなくなった。監視兵たちはきっと疲れていたのだ。

しかし死にとっては、手助けはあまり必要ではなかった。寒さが良心的に作業を進めていた。一歩ごとにだれかが倒れ伏し、もう苦しまなくなった。

ときおり、オートバイに乗った親衛隊の将校たちが、しだいに嵩じてゆく無気力に活を入れようと、隊列に沿って先頭から後尾のほうへ走っていった。

「がんばれ！　着くぞ！」

「元気を出せ！　あと数時間だ！」

「グライヴィッツに着くぞ！」

これらの励ましのことばは、私たちの殺人者の口から出たものとはいえ、なおかつこのうえなく役立った。いまやだれひとり、終点の直前に来て、目的地にかくも近づきながら勝負を放棄しようとは思わなかった。私たちの目は、グライヴィッツの有刺鉄線が見えはせぬかと、一心に地平線をうかがっていた。私たちの願いはただひとつ、できるだけ早くそこに到着することであった。

夜が深くなっていった。雪は降り止んだ。さらに数時間歩いてから、私たちはようやく到着した。門の直前に出たとき、はじめて収容所が見えた。

カポたちは、私たちをすばやく数棟のバラックに陣どらせた。あたかもここが最高の避難所か、生命に入る門ででもあるかのように、人々は押しあい、突き飛ばしあった。ひとのからだをどんどん踏んでゆくので、下になった人たちは痛がった。踏みつけられた人たちは顔を引き裂かれた。叫び声もない。ただ、いくつかの呻き声。私たち自身、父と私とは、しぶきを散らせて押し寄せるこの潮流によって、床に叩きつけられてしまった。私たちの足もとで、だれかが喘ぎ声を発していた。

「圧し潰さないでくれよ……後生だから！」

聞いたことのある声であった。

「圧し潰さないでくれよ……後生だから！　後生だから！」

すでにどこかで聞いたぞ、これと同じ響きのない声を、これと同じ喘ぎ声を。この声が、いつだったかぼくに話しかけたことがある。どこで？　いつ？　何年もまえに？　いや、収容所に来てからのことでしかありえようはずがない。

「後生だから！」

私は、自分が彼を圧し潰しそうなのを感じていた。私は彼の息の根を止めそうになっていた。私は起きあがろうとし、自分のからだを抜きだして彼に息をつかせてやろうと努めていた。しかし私自身、だれかほかのからだの重みで圧し潰されかかっていた。私は息苦しかった。あたりの見知らぬ顔に爪をつき立てた。空気を求めようとして、まわりの人たちを嚙んだ。だれも叫ばなかった。

不意に思いだした。ユリエクだ！　ブーナのオーケストラでヴァイオリンを弾いていた、ワルシャワ出身のあの若者だ……。

「ユリエク、きみかい」

「エリエゼル……。二十五回鞭打ちを食らった……そうだ。思いだした」

彼は黙った。長い一瞬間が経った。

「ユリエク！　聞こえるかい、ユリエク」

「うん……」と、彼は弱々しい声で言った。「なんだい」

彼は死んではいなかった。

「気分はどうだい、ユリエク」と、私は尋ねた。返事を知りたくてというより、むしろ、彼が口を利くのを、生きているのを確かめるために。

「いいよ、エリエゼル……。元気だ……。空気が足りんな……。疲れた。足が腫れちまった。休めるのっていいな。だけどぼくのヴァイオリンは……」

私は、彼が正気を失ったのかと思った。いまのばあい、ヴァイオリンがどうしたというのか。

「どうしたんだ、きみのヴァイオリンが？」

彼は息も絶えだえに言った。

「ぼくのヴァイオリンが……壊されや……しなかったか、気に……気になるんだ……。ぼくは……ぼくは、あれを持ってきたんだ」

私は返事ができなかった。だれかが、ながながとかぶさって横たわり、私の顔をふさいでいた。私はもう、口でも鼻でも息ができなかった。額と背中に玉のような汗がふきだしてきた。もうおしまいだ、行きつくところまで来た。声もない死、窒息。叫ぶ手だても、助けを呼ぶ手だてもなく。

私は目に見えない殺人者を厄介払いしようとしていた。生きたい、その欲求のすべてが爪に集中していた。私はひっかいた。一回吸い込むだけの空気を求めて、私は闘った。腐肉を引き裂こうとしたが、それは応答しなかった。胸にのしかかっているこの塊から、私は抜けだせずにいた。わかったものではない。私が闘っていた相手は死者だったのでは？

そのことは、ついにわからずじまいとなる。私に言えるのは、私のほうが勝ったということだけ。

私はこの瀕死者たちの城壁に穴を掘り抜くことに成功した。いくばくかの空気を呑み込むための、小さなひとつの穴を。

「お父さん、気分はどう」。私は口が利けるようになるとすぐ、そう尋ねた。

きっと遠からぬところにいる、そうとわかっていた。

「いいよ！」まるで別世界から来たような、はるかな声が答えた。「眠ろうとしているのだ」

父は眠ろうとしている。まちがっているのか、それとも正しいのか。ここで眠っていいのか。死は一瞬ごとに襲いかかってくるかもしれないのに、かたときの間でも警戒心を解いてしまって、危険ではないのか。

そう考えていると、ヴァイオリンの音色が聞こえてきた。死者たちが生者たちに積み重なっている、この暗いバラックのなかで、ヴァイオリンの音色。ここで、自分自身の墓の縁で、ヴァイオリンを弾く狂人はどこのだれか。それとも、幻覚にすぎないのか。

きっとユリエクだ。

彼はベートーヴェンの協奏曲の一節を弾いていた。こうも清らかな音色を聞いたことは、いまだかつてなかった。このような静寂のなかで。

彼はどうやって成功したのだろうか。――からだを抜きだすことに、私の感づかぬうちに私のからだから抜けだすことに。

まっくら闇であった。聞こえるのはただ、このヴァイオリンのみ。あたかもユリエクの魂が弓の役をしているかのようであった。彼はわれとわが命を奏でていた。彼の命のすべてが絃のうえを滑っていった。彼の失われた希望の数々。彼の黒焦げになった過去、彼の火の消えた未来。彼は、もう二度と奏でることのないものを奏でていた。

私はユリエクを忘れることがけっしてできないであろう。瀕死者と死者とから成るこの聴衆に聞かせたこのコンサートを、私はどうして忘れることができようか！　今日でもまだ、ベートーヴェンの曲を聞くとき私の目は閉ざされ、そして瀕死者の聴衆にヴァイオリンで別れを告げている、あのポーランド出身の仲間の蒼ざめて悲しげな顔が、暗がりのなかから浮かびあがってくる。

彼がどのくらいのあいだ演奏したか、私は知らない。眠りが私にうち勝った。明け方の光が白んできて目覚めたとき、私は目のまえにユリエクがちぢこまって死んでいるのを見た。彼のかたわらには、踏みにじられ、圧し潰された彼のヴァイオリンが、場違いでしかも心を激しく揺さぶる、ちっぽけな死体となって横たわっていた。

私たちはグライヴィッツに三日間とどまった。飲まず食わずの三日間。バラックから出ることは許されなかった。親衛隊員が戸口で見張っていた。

私は腹が空き、咽喉が渇いていた。ほかの人たちの様子から見て判断するのに、私はずいぶん汚れて、やつれていたにちがいない。ブーナから持ってきたパンは、とうのむかしに食べ尽くしていた。そして、つぎの配給がいつ貰えるものやら、知るよしもない。

前線が私たちを追いかけていた。またしても、間近に砲声が聞こえていた。しかし、ナチスにはわれわれを撤退させる余裕がなかろうとか、ロシア軍がやがて到着するだろうとか考えるだけの力も勇気も、私たちにはもうなくなっていた。

私たちはこれからドイツ中部に移送される、そう知らされた。

三日目の明け方、私たちはバラックから追いだされた。お祈りのときにかけるショールほどの薄い毛布を何枚か、めいめい背中に投げかけていた。私たちはとある門のほうへ連れていかれた。その門で、収容所は二つに分かたれていた。一団の親衛隊将校がそこに立っていた。私たちの列のあいだをどよめきが伝わっていった。——選別!

親衛隊将校たちが選りわけしていた。虚弱者は、左へ。しっかり歩ける者は、右へ。

父は左へ送られた。私は父を追って走った。親衛隊将校のひとりが背後からどなった。

「こっちへ戻れ!」

私はほかの人たちのなかに紛れ込んだ。数人の親衛隊員が私を探しに突進し、まったくの大騒ぎがもちあがったので、左にやられた人たちが何人も右側へ戻ることができた。——そのなかに父と私とがいた。とかくするうちに、数発の銃弾が放たれ、そして数人の死者が出た。

私たちは全員収容所から出された。半時間歩いてから、平原のまんまんなかに着いた。平原を断ち切って、レールが伸びていた。そこで列車の到着を待たなくてはならなかった。

雪がしげく降っていた。腰を下ろすことも身動きすることも禁止。

雪が私たちの毛布に厚く積もりだした。いつもの配給量で、パンが持ってこられた。私たちはこれに飛びついた。だれかが雪を食べて渇きを紛らすことを思いつき、やがてほかの人たちも彼をまねた。しゃがんではならなかったので、めいめいスプーンを取りだし、隣の男の背中に積もった雪を食べた。一口のパンとスプーン一杯の雪。これには、この光景を眺めている親衛隊員たちも笑いだした。

時が経っていった。列車が現れたら動けるようにしてくれる。それを見ようと地平線を一心にうかがっているうちに、目が疲れてしまった。夕方ずいぶん遅くなって、列車がようやく到着した。無蓋の家畜用貨車から成る限りなく長い列車。親衛隊員は一台に約百名の割で私たちを押し込んだ。――私たちはそれほどにも痩せていたのである！　乗車が完了すると、貨車の列はがたりと揺れた。

第七章

寒気から身を守ろうとして、たがいに身を寄せあい、頭はからっぽなくせに重く、脳のなかには黴くさい思い出が渦を巻いていた。どうでもよくなって、精神が麻痺していった。ここにいようと、ほかのどこにいようと——なんの相違があろう。きょうくたばろうと、あすか、それとももっとあとでくたばろうと。夜は、長く長く、果てしなく伸びていった。

とうとう地平線の空が白みだしたとき、錯綜した人間の形が現れでてきた。彼らは頭を肩に埋め、蹲り、重なりあっていて、まるで夜明けにさしそめた微光を受けて、埃まみれの墓石が転がった野原が現れたようであった。私は、まだ生きている人たちともう生きていない人たちとを見分けようとした。しかし、区別はつかなかった。私の視線は、目を開けて虚空を見据えているひとりの男のうえに長いあいだ留まった。その蒼白な顔は、一面に霧氷と雪とで覆われていた。

父は毛布にくるまり、両肩に雪を積もらせて、私のかたわらでちぢこまっていた。では、父も死んだのであろうか。私は父を呼んだ。返事はなかった。もし叫ぶ力があったなら、私は叫んだことであろうに。父は身じろぎもせずにいた。

たちまち、身うちにこの自明の理が滲みとおった——もう生きてゆく理由はない、もう闘う理由はない。

列車は人けない平原のただなかで停車した。この急停車のために、眠っていた者が何人か目を覚ました。彼らは立ちあがり、驚いたような目つきであたりを見回していた。

車外を、親衛隊員たちがどなりながら通っていった。

「死人をみんな放りだせ！　死体は全部外へ！」

生きている者は喜んだ。おかげで場所が広くとれるのだから。志願者が作業にとりかかった。彼らは蹲ったままの者の脈をとった。

「ここにもいた！　これをどけろ！」

その人は着物を剝がれ、そして生き残りはあさましくその衣服を分けあうのであった。それから二人の《墓掘り人夫》が、死体の頭と足とを持って、小麦粉の袋かなにかのように貨車の外に放りだすのであった。

あちこちから呼び声が聞こえた。

「おーい、来てくれ！　ここにもまだいるぞ！　隣の男だ。もう動かないんだ」

二人の男が父に近づいてはじめて、私はようやく無気力から目覚めた。私は父のからだに身を投げかけた。冷たくなっていた。私は父に平手打ちを加えた。父の手をこすりながら叫んだ。

「お父さん！　お父さん！　目を覚ましてよ。貨車から投げだされるよ……」

父のからだは生気がないままだった。

二人の墓掘り人夫は私の衿首をつかまえた。

「ほっとけ。よくわかるだろう、死んだんだ」

「ちがうよ！」と、私は叫んだ。「死んではいない！　まだだ！」

私はふたたび、いっそう激しく父を叩きだした。しばらくすると、父は瞼を細めにあけ、ガラスのような目がなかから現れた。父は弱々しく息をついた。

「わかったろう」と、私は叫んだ。

二人の男は遠ざかった。

私たちの貨車からは、約二十体の死骸が下ろされた。それから列車はまた動きだした。あとには、ポーランドの雪原に、数百人の裸の孤児を墓所なきままに残して。


私たちは食物をまるきり貰えなかった。雪を食べて生きていた。雪がパンのかわりをしていた。昼間は夜に似かよい、夜は私たちの魂のなかにその暗さの澱《おり》を残していった。列車はゆっくりと走り、たびたび何時間も停車してはまた走りだすのであった。雪は降りやまなかった。私たちは、幾日も幾夜もぶっとおしで、たがいに一言も口を利かずにからだを寄せあって蹲っていた。私たちはもはや冷蔵肉体でしかなかった。瞼を閉じたまま、つぎの停車を待っては、死人を下ろすばかりであった。

幾日幾夜の旅だったのか。ドイツの町村を通り抜けることもあった。おおむね、とても朝早く。労働者が仕事に出かけるところだったりした。彼らは立ち止まり、私たちを目で追ったが、さして驚いているようではなかった。

ある日、私たちが停車していたとき、ひとりの労働者が雑嚢から一片のパンをとりだし、それを貨車のなかに投げ込んだ。みながとびかかった。何十人もの飢えた者が幾片かのパン屑のために殺しあった。ドイツ人労働者たちはこの光景をいたく面白がった。

数年後、私はアデンで同種の光景を目撃した。私たちの乗りあわせた船の乗客が、《原住民》に硬貨を投げ与えては面白がっていた。投げられたほうは、水中に潜ってそれを取ってくるのであった。貴族らしい風采をしたひとりのパリ婦人が、この遊びをおおいに楽しんでいた。私は不意に、二人の子どもが死にそうな殴りあいをしており、一方が相手の咽喉を締めつけようとしているのに気づいた。そこで私は、その貴婦人に嘆願した。

「お願いです、もう小銭を投げないでください！」

「なぜいけないんですの」と、彼女は言った。「慈善を施すのが好きですのに……」

パンが降ってきた貨車のなかでは、まったくの闘いが突発していた。たがいにとびつき、踏みつけあい、引き裂きあい、嚙みつきあっていた。目に獣めいた憎悪を宿し、鎖から解き放たれた猛獣と化していた。途方もない生命力が彼らを捕らえ、彼らの歯と爪とを研ぎすましたのであった。

列車に沿って、一群の労働者と野次馬とが集まっていた。彼らはきっと、こんな積み荷を載せた列車をまだ一度も見たことがなかったのであろう。やがて、あちこちからパン切れが貨車のなかに降りかかってきた。見物人は、これらの骸骨じみた人間が一口のパンを得ようと殺しあうのを眺めていた。

ひと切れ、私たちの貨車にとび込んだ。私は身動きすまいと決心した。それに私は、鎖から解き放たれた、この幾十人もと闘えるだけの力が自分にないのを知っていた！　私は、四つん這いになっている老人を、私からさして離れていないあたりに見かけた。彼はいま、争いから抜けでてきたばかりで、片手を心臓のあたりに押しあてた。私ははじめ、胸を殴られたせいかと思った。それから、わかった——彼は上着の下に一片のパンを隠していた。なみなみならぬ素早さで、彼はそのパンをとり出し、口へ持っていった。目が輝いた。しかめつらにも似た微笑が、彼の死人めいた顔を照らした。そして、たちまちにして消えた。人影がひとつ、彼のそばにいまがいま伸びてきた。その影は彼にとびかかった。叩きのめされ、殴られてふらふらになって、その老人は叫んだ。

「メイール、私のかわいいメイール！　私がわからないのか。お父さんだよ……。痛いよ……。おまえはお父さんを殺すのか……。パンがあるよ……おまえの分も……おまえの分も……」

彼はくずおれた。まだ、小さなひとかけらを後生大事に握りしめていた。彼はそれを、自分の口へ持っていこうとした。しかし、相手は彼にとびかかり、それを取りあげた。老人はまだなにか呟き、喘ぎ声を発し、そして死んだ。だれも気にとめもしなかった。息子は彼のからだを探り、パン切れをつかみ、むさぼり食いだした。たくさん食べるところまでいかなかった。二人の男が彼を見ていて、跳びかかったのである。ほかの連中もこれに加わった。彼らがどいたあと、私のそばには二人の死者が並んでいた。——父と息子と。私は十六歳であった。

私たちの貨車に父の友人のメイール・カッツがいた。彼はブーナでは庭師として働いていて、ときおりなにか青物を持ってきてくれたものだ。彼自身は、みんなほど食事が悪くなかったから、収容所生活によりよく耐えてきたのであった。彼は比較的元気があったため、私たちの貨車の責任者に任命されていた。

移動の三日目の夜、私は二本の手が咽喉に掛かっているのを感じとって、いきなり目を覚ました。その両手は、私を締めつけようとしていた。ぎりぎり「お父さん！」と叫ぶひましか、私にはなかった。

ただこの一語ばかり。私は息が詰まるのを感じていた。しかし、父はすでに目を覚まして、私に襲いかかった者にしがみついていた。力が弱くてとても勝つことができないので、父はメイール・カッツを呼ぼうと思いついた。

「来てくれ、早く来てくれ！　息子が首を絞められている！」

数瞬ののち、私は振りほどいてもらった。その男がどういうわけで私の首を絞めようとしたのか、私にはいまだにわからない。

ところが数日後、メイール・カッツは父に声をかけた。

「シュロモ、わたしは弱ってきたよ。力がなくなっていくんだ。持ちこたえられそうもない……」

「気を落とすんじゃない！」と、父は彼を元気づけようとした。「抵抗しなくては！　自信をなくすんじゃないよ！」

しかし、メイール・カッツは返事のかわりに響きのない呻き声を発していた。

「もうだめだよ、シュロモ！……どうしようがあるかね……。もうだめだ……」

父は彼の腕をとった。そしてメイール・カッツはというと、強くて、私たちみなのうちでいちばん頑健な男なのに、彼は涙を流していた。彼は、最初の選別のさいに息子を奪い去られたのであった。そしていまになってやっと、息子のことを悲しんで泣いていたのである。いまになってやっと、彼には罅割れが生じていた。彼はもうだめになっていた。行きづまりに来ていた。

移動の最後の日、ものすごい風が吹き起こった。そして、雪はあいかわらず降りやまなかった。終わりが、それもほんとうの終わりが近い、という感じがした。この凍てつく風、この突風のなかでは、長くは持ちこたえられまい。

だれかが立ちあがって叫んだ。

「こういう空模様では、坐ったままでいてはいけない。凍りついてくたばってしまうぞ！　みんな立ちあがろう、少し動こう……」

私たちはみながみな立ちあがった。各自、それぞれのびしょぬれになった毛布をいっそう強く締めつけた。そして、私たちは力を尽くして、何歩か歩いたり、その場でぐるぐる回ったりした。

だしぬけに、貨車のなかから叫び声が起こった、手負いの獣の叫び声が。だれかがいま、息を引きとったのである。

ほかの何人かが、同様にいまにも死にそうに感じていた人たちが、その叫び声をまねた。そして彼らの叫び声は、墓のかなたから来るように思われた。やがて、だれもかもが叫んでいた。嘆声、呻き声。風と雪とをつんざいて投げつけられた、やるせない叫び声。

ほかの貨車にも伝染していった。そして何百もの叫び声が同時に立ちのぼった。だれに刃向かってとも知れぬ。なにゆえとも知れぬ。終わりが迫りくるのを感じている護送隊全体から発する臨死の喘ぎ。各自がここで果てようとしている。すでに、すべての境界を乗り越えてきてしまった。だれにも、もう力がなくなっていた。そしてこののち、夜はさらに長いであろう。

メイール・カッツは呻いた。

「なぜ、おれたちをすぐに銃殺しないんだろうか」


その日の晩、私たちは目的地に着いた。

夜、遅かった。監視兵が私たちを降ろしにきた。死人は貨車のなかに置き去りにされた。まだ立っていられる者だけが、降りることができた。

メイール・カッツは列車内に留まった。最後の日は最大の死者を出した。この貨車に乗ったときには百人ほどいた。降りたのは十二、三人であった。そのなかに父と私自身とがいた。

私たちはブーヘンヴァルトに着いたのであった。

第八章

収容所の門には、親衛隊将校たちが私たちを待っていた。私たちは人数を数えられた。それから点呼広場のほうへ連れていかれた。命令は拡声器によって伝えられた。――「五列に並べ」「百人ずつ組をつくれ」「五歩前へ」

私は父の手をきつく握りしめていた。古くからの、慣れてしまった心配――父とはぐれないこと。私たちのすぐそばに、焼却炉の高い煙突が聳えていた。それはもはや私たちに感銘を与えなかった。それが私たちの注意を引いたとしてもごくかすかだった。

ブーヘンヴァルトの古参のひとりが私たちに言いわたした。これからシャワーを浴び、そのあとで各ブロックに配属されることになる、と。温浴できるのだと思って、私はうっとりした気分になった。父は黙っていた。私のそばで重い吐息をもらしていた。

「お父さん」と、私は言った、「あとちょっとだよ。まもなく横になれるよ。寝床でね。休めるんだよ……」

父は答えなかった。私自身ひどく疲れていたので、父が黙っていても気にしなかった。私の願いはただひとつ、できるだけ早く入浴して寝床に横たわることであった。

しかし、シャワーまで行きつくのは楽ではなかった。そこでは何百もの囚人が押しあっていた。監視人は、秩序を布くことができずにいた。彼らが左右を殴ってまわっても、目に見える効果は現れなかった。押しあう力がなく、立ったままでいる力さえないほかの幾人かは、雪のなかに坐り込んでしまった。父は彼らをまねようとした。父は呻いた。

「もうだめだ……。おしまいだ……。ここで死ぬんだ……」

父は私を雪の山のほうへ連れていった。そのなかから、いくつかの人間の形や毛布の端切れが覗いていた。

「ほっといておくれ」と、父は私に頼んだ。「もうだめだ……。私をあわれに思っておくれ……。浴場に入れるまで、ここで待っている……。あとで迎えに来ておくれ」

私は憤激のあまり泣きだしそうであった。こうまでして生きてきたのに、こうまで苦しんできたのに。いまになってみすみす父を死なせてしまうのか。心地よい温浴ができて、横になれるいまになって。

「お父さん!」と、私はどなった。「お父さん! ここから立って! すぐにだよ! 自殺することになるよ……」

そして私は父の腕を摑んだ。父は呻きつづけていた。

「坊や、大声を出さんでおくれ……。年とったお父さんをあわれんでおくれ……。ここで休ませておくれ……。ちょっとだ……。おねがいだ、ひどく疲れて……力が尽きてしまった……」

父は子どものようになっていた。――弱くて、怖じ気づいて、傷つきやすくなっていた。

「お父さん」と、私は父に言った。「お父さんはこのままここにいてはだめ」

私は父のまわりの死体を指さした。――この人たちだって、ここに来て休もうと思ったのだ、と言いたくて。

「見えるよ、坊や、よく見えるよ。この人たちを眠らせておあげ。ずいぶん長いこと、目を閉ざさずにいたんだからね……。この人たちは疲れきっているんだ……疲れきって……」

父の声はやさしかった。

私は風のなかでどなった。

「この人たちはもう二度と目が覚めないんだよ！　もう二度と、わかってるの？」

私たちはこうしてしばらく議論した。議論している相手は父ではなくて死そのものだ、父はすでに死を選んでしまっており、自分はそいつと議論しているのだ、という感じがした。

サイレンが鳴りだした。警報。収容所全体で燈火が消えた。監視兵たちは私たちをブロック群のほうへ追いやった。瞬く間に、点呼広場にはもうだれもいなくなった。戸外の凍てつくような風のなかにこれ以上いなくてもすむので、だれもが嬉しくてたまらなかった。私たちは力なく床板にくずおれた。何段も重なった寝台が並んでいた。入り口にはいくつもの大鍋にスープがあったのに、ほしがる者はいなかった。眠ること、ただそれだけがものをいった。

目が覚めると、明るくなっていた。そのときになって、自分には父がいるのだ、と思いだした。警報が出たさい、私は父にはかまわずに群衆についていってしまったのであった。父が、力が尽きかけ、臨死寸前まで来ているのを、私は知っていた。それでいて、父を見捨ててしまったのであった。

私は父を探しにでかけた。

しかし、まさにその瞬間、私の心のなかにこの想いが目覚めた。《お父さんを見つけなければいいんだ！　あの死んだも同然のお荷物を厄介払いできて、ぼく自身が生き残れるように全力を奮って闘うことができ、もうぼく自身のことしか気にせずにすむようにしたら》。すぐさま、私は恥ずかしくなった。生きていることが、私自身のことが恥ずかしくなった。

私は何時間も歩きまわったが、父は見つからなかった。それから、とあるブロックに行きつくと、そこではブラック・《コーヒー》を配給していた。行列ができ、殴りあいをしていた。

おずおずと嘆願する泣き声が、背後から私を捕らえた。

「エリエゼルや……。坊や……。持ってきておくれ……コーヒーをちょっと」

私は父のほうへ駆けよった。

「お父さん！ ずいぶん長いこと探したんだよ……。どこにいたの？ 眠れた？……。気分はどう？」

父はきっと灼けるような熱を病んでいたのである。私は野獣のようになって、道をかき分け、コーヒーの大鍋にゆきついた。そして首尾よく湯呑み一杯持ち帰った。私はそれをひと口ごくっと飲み、残りは父にあげた。

この飲料を飲み干したときに父の目を明るく照らしだした感謝の念を、私はけっして忘れることがないであろう。獣の感謝。この幾口かのお湯でもって、私はおそらく、幼少年期全体をつうじて以上に、父に満足してもらえたのであった……。

父は血の気なく、唇は蒼白になり、かさかさに乾いて、悪感で身を揺らしながら床板に横たわっていた。私はそれ以上父のそばに留まってはいられなかった。掃除のために場所をあけよ、との命令が発せられたのであった。そのまま居残ってよいのは病人だけであった。

私たちは五時間戸外に出されていた。スープの配給を受けた。ブロックに戻る許可が出ると、私は父のほうへ駆けつけた。

「食べたの?」

「いや」

「なぜ?」

「私たちにはなにもくれなかった……。病気でいまに死ぬんだから、食べ物をむだにやってはもったいない、と言われたんだよ……。もうだめだ……」

私は残してあったスープを父に与えた。しかし、私の心は重かった。わが意に反してこれを父に譲っているのだ、と感じていたからである。ラビ・エリヤフーの息子と同じく、私も試練に堪えきれなかったのである。


父は日増しに衰えていった。まなざしには靄がかかり、顔は枯れ葉色になった。ブーヘンヴァルトに着いてから三日目、全員がシャワーに行かなくてはならなかった。病人さえ。ただし、彼らはあと回しにされた。

私たちは入浴から戻ると、長いあいだ戸外で待たねばならなかった。まだブロックの掃除がすんでいなかったからである。

遠くに父の姿を見かけたので、私はそちらへ駆けつけた。父は立ち止まりもせず、私を見向きもせずに、亡霊のように、そばを擦り抜けていった。私は父を呼んだが、父は振り向かなかった。私は追いかけた。

「お父さん、どこへ駆けてゆくの？」

父は一瞬私に目を向けたが、そのまなざしは、はるかかなたを見ており、光り輝き、別人の顔をしていた。ほんの一瞬ののち、父はまたすぐに走りつづけだした。


父は下痢に冒されて、自分の仕切りのなかで寝ていた。ほかの五人の病人がいっしょであった。私は看取りながらわきに坐っていたが、父がふたたび死から逃れえようとはもうとても信じられなかった。それでいて、私は父に希望を与えようと全力を尽くした。

だしぬけに、父は寝床のうえにからだを起こし、熱っぽい唇を私の耳にあてた。

「エリエゼル……。埋めておいた金銀のありかを話しておかなくては……。地下室だよ……。わかるね……」

そして、すべてを私に語り尽くすひまがもうないのを怖れているかのように、父はしだいに早口になっていった。私は父に、まだ万事休したわけではない、いっしょに家へ帰れるだろう、と説明しようとした。しかし、父はもはや私の言うことを聞き入れようとしなかった。もはや私の言うことに耳を藉せなかった。力尽きていた。血の混ざった一筋の涎が唇から垂れていた。瞼は閉じてしまっていた。呼吸は喘ぎがちであった。

私は一食分のパンでもって、このブロックの囚人のひとりと床架を交換することに成功した。午後、医師がやってきた。私は、父が重病だと知らせにいった。

「ここに連れてこい！」

私は医師に向かって、父は立っていられないのだと説明した。しかし、医師はまるきり聞く耳をもたなかった。やっとのことで、私は父を彼のところへ連れていった。彼は父を見つめ、それから冷淡に父に尋ねた。

「どうしてほしいんだ」

「父は病気なのです」と、私は父のかわりに答えた……。「下痢です……」

「下痢だって。おれの仕事じゃないな。おれは外科医だ。さあ、どけ！　ほかの人のためにそこをのくんだ……」

抗議しても、なんの役にも立たなかった。

「もうだめだよ、坊や……。仕切りへ連れ戻しておくれ……」

私は父を連れ戻して、手伝って横にならせた。父はこまかく身を震わせていた。

「ちょっと眠ってごらんよ、お父さん。眠ってみてよ……」

呼吸が乱れて早かった。瞼は閉じたままであった。しかし、私はこう確信していた。――父はすべてを見ている。いまやあらゆることがらの真相を見ている、と。

別の医師がブロックのなかに入ってきた。しかし、父はもう起きあがりたがらなかった。むだだと知っていたのである。

そのうえ、この医師が来たのは、病人にとどめを刺すためにすぎなかった。彼が病人たちに向かって、おまえらは怠け者だ、ただ寝床にいたいだけなんだ、と叫んでいるのが聞こえた。私は、彼の首にとびついて絞めてやろうかと思った。しかし、私にはもはやそれだけの勇気も力もなかった。私は父の臨死の苦悶に釘づけにされていた。私は手が痛かった。それほどきつく拳を固めていたのである。医者だって、ほかの連中だって、首を絞めてやれ！　世界に火をつけてやれ！　お父さん殺しの犯人どもめ！　しかし、その叫びは私の咽喉のなかに留まっていた。

パンの配給から戻ると、父が子どものように涙を流しているのに気づいた。

「坊や、あの人たちが私を叩くんだ！」

「だれが？」

私は、父が囈言《うわごと》を言っているのかと思った。

「あの男、フランス人……。そしてあのポーランド人……。あの人たちが私を叩いたんだ……」

心に傷がひとつ余分にでき、憎しみがひとつおまけに生ずる。生きてゆく理由がひとつ少なくなる。

「エリエゼルや……エリエゼルや……。あの人たちに、私を殴らないように言っておくれ……。私のほうではなにもしなかったのに……。あの人たちはなぜ私を殴るのだろう」

私は、父のそばの人たちに毒づきだした。彼らは私を嘲った。私は彼らに、パンやスープをやると約束した。彼らは笑っていた。ついで、怒りだした。彼らは言った。——おまえのおやじにはもうとても我慢がならん、用を足すのに、もう外まで這いずっていくこともできんときた、と。


翌日、父は配給のパンを取られたと、泣き言を言った。

「眠っているあいだの話？」

「違う。眠ってはいなかった。あの人たちは私にとびかかった。私のパンをもぎとってしまった……。そして私を叩いたのだ……。またなんだよ……。坊や、もうだめだよ……。水をすこしおくれ……」

父が水を飲んではならないのを、私は知っていた。しかし、父があまりいつまでも頼み込むので、私は根負けした。水は父にとって最悪の毒なのだが、いまとなっては父のためになにをしてあげることができよう。水を飲もうと飲むまいと、どっちみち、まもなくおしまいなのだ……。

「なあ、せめて、私をあわれんでおくれ……」

父をあわれむとは！　ひとり息子である私が！


こうして一週間経った。

「この人はきみのお父さんかね」と、ブロックの責任者が私に尋ねた。

「そうです」

「ずいぶん病気が重いね」

「医者は父のためになにもしようとしないのです」

彼は私の目を見つめた。

「医者にはもう、お父さんのためになにもできないのだよ。そして、きみもだ」

彼は毛深い大きい手を私の肩にのせて、つけ加えた。

「坊や、よくお聞き、強制収容所にいるのを忘れるんじゃないよ。ここでは、めいめいが自分自身のために闘わなくては。そして他人のことを考えてはならないのだ。自分の父親のことさえも、だ。ここでは、父親のことだって、構ってはいられんのだ。兄弟だって、友人だって。めいめいが生きるのも死んでゆくのも自分ひとりのためだけだ。いいことを教えてあげよう。もう、配給のパンとスープを年寄りのお父さんにあげてはいけないよ。きみにはもう、お父さんのためにはなにもできないのだよ。それに、自分で自分を殺すことになる。逆に、きみこそお父さんの配給を受けるべきなんだ……」

私は、口をさしはさまずに彼の話に聞き入った。私は心のいちばんの奥底で、この人の言うとおりだ、と考えた。でも、われとわが心にこの考えを打ち明ける勇気はなかった。きみの年寄りのお父さんを救うにはもう遅すぎるのだ、と私は心のなかで独りごちた。きみは、二食分のパンと二食分のスープを貰っていいんだよ……。

一秒の何分の一かのあいだだけだった。それでも私は、自分に罪があると思った。私はいくばくかのスープをとりに駆けていき、それを父にあげた。しかし、父はあまり欲しがらなかった。父は水しか欲しがらなかった。

「水を飲んじゃだめ、スープを食べてよ……」

「熱でからだが灼けそうだ……。坊や、なぜ私にそんな意地悪をするのかね……。水……」

私は父に水を持っていった。それから点呼のためにブロックを出た。しかし、引き返した。私は上段の寝床に横たわった。病人はブロックに留まっていてよいのだ。それなら病人になろう。私は父から離れたくなかった。

いまやあたり一帯には静寂が支配し、それを乱すのは、ほうぼうから聞こえる呻き声ばかり。ブロックのまえで、親衛隊員たちが命令を発していた。将校がひとり、寝台のまえを通りかかった。父は頼み込んでいた。

「坊や、水……。熱でからだが灼けそうだ……。はらわたが」

「黙れ、そこの奴!」と、その将校がどなった。

「エリエゼル」と、父はつづけた、「水……」

将校は父に近づき、黙れと叫んだ。しかし父にはその声が聞こえなかった。父は私を呼びつづけていた。すると将校は、父の頭に猛烈な棍棒の一撃を加えた。

私は身じろぎもしなかった。私は、私のからだは、恐がっていた。こんどは自分が一撃をくらいはせぬか、と。

父はまたも喘ぎながらひとこと発した——そして、それは私の名であった。「エリエゼル」

私は父がまだ絶え絶えに荒い息をつくのを見ていた。私は身じろぎもしなかった。

点呼のあとで下に降りたとき、父の唇が震えながらなにか呟いているのを、私はまだ見ることができた。私は父のうえに屈みこんだまま、一時間あまり父を眺めつづけ、その血塗れの顔を、割られた頭を、心のうちに刻み込みつづけた。

ついで、私は就寝せねばならなかった。私は、父の上側の寝床によじ登った。父はまだ生きていた。一九四五年一月二十八日であった。


一月二十九日の明け方、私は目覚めた。父のいたところには別の病人が横たわっていた。父は夜明け前に連れ去られて、焼却所へ運び込まれたのに違いない。おそらく、まだ息があったのかもしれない……。

父の墓のもとでの祈りはあげられなかった。父の霊のための蠟燭は点されなかった。父の最期のことばは私の名前であった。呼ばれたが、私は答えなかったのであった。

私は涙が出なかった。そして涙を流すことができないのが、私にはつらかった。しかし、私にはもう涙がなくなっていた。そのうえ、もし自分のひ弱い良心の奥深いところを掘り返したならば、おそらく私自身の奥底に、なにかこんなふうなものが見いだされたことであろう。——とうとう自由になった！……

第九章

私は四月十一日まで、まだブーヘンヴァルトに留まらなくてはならなかった。その時期の生活については語るまい。それはもはや重要性がなかった。父が亡くなってからというもの、もはやなにものも私の心には触れなかったのである。

私は児童ブロックに移された。そこには六百人の仲間がいた。

前線が近づきつつあった。

私は、まったくなすこともなく日々を過ごしていた。願いはただひとつ——食べること。私はもはや、父のことも母のことも考えはしなかった。

ときおり、私は夢を見ることがあった。いくらかのスープの夢を。おまけに貰ったスープの夢を。

四月五日、〈歴史〉の車輪が一回転した。

午後遅い時刻のことである。私たちは、全員がブロックのなかに立って、親衛隊員が人数を数えにくるのを待っていた。その親衛隊員はなかなか来なかった。ブーヘンヴァルトの住人の記憶するかぎり、これほど遅れたことはそれまでに一度もなかった。なにごとかが起こったのにちがいなかった。

二時間後、拡声器が収容所長の命令を発した。——ユダヤ人は全員、点呼広場に赴くべし。終わりだ！　ヒトラーはその約束を守ろうとしているのだ。

私たちのブロックの児童は広場に向かった。ほかにどうしようもなかった。ブロックの責任者グスタフは、彼の棍棒にものを言わせていた……。しかし、途中で何人かの囚人に出会ったところ、彼らは私たちに耳打ちした。

「自分のブロックに戻れ。ドイツ人はきみたちを銃殺しようとしている。自分のブロックに戻って、動くんじゃない」

私たちはブロックに戻った。道々知ったところによると、収容所の抵抗組織は、ユダヤ人を見殺しにせず、ユダヤ人の一掃を阻止しようと決定したのであった。

時間が遅かったし、混乱がはなはだしかったので——数えきれないほどのユダヤ人が非ユダヤ人だと申し立てたのである——収容所長は総員点呼を翌日に回す決定を下した。その点呼には全員出頭すべしということとなっていた。

点呼は行われた。収容所長はブーヘンヴァルト収容所を引き払うむね発表した。毎日毎日、移送囚を十ブロック分ずつ撤退させるものとする、というのである。そのとき以後、もうパンとスープとの配給はなくなった。そして撤退が始まった。毎日、数千名の囚人が収容所の門を潜り、そしてもう二度と戻って来なかった。

四月十日、収容所にはまだ約二万名残っており、そのうち数百名が児童であった。私たち全員を一度に撤退させる決定が下された。夕方までにである。そのあと、彼らは収容所を爆破する気でいた。

そこで私たちは、広大な点呼広場に五列に並んで集結し、大門が開かれるのを待ちうけていた。だしぬけに、サイレンが唸りだした。警報。ブロックに戻らされた。その晩は、私たちを撤退させるにしてはもう遅すぎた。撤退は翌日に延期された。

空腹が私たちをさいなんでいた。かれこれ六日間というもの、私たちはなにも食べていなかった。せいぜい、少しばかりの草や、料理場付近で見つけだしたいくばくかのじゃがいもの皮ばかりであった。

午前十時、親衛隊員が収容所一帯に散らばって、最後に残った生《い》け贄《にえ》たちを点呼広場へ狩りだしにかかった。

そのとき、抵抗運動は行動開始を決定した。突如、武装者がいたるところから躍りでてきた。一斉射撃。榴弾の炸裂。私たち児童は、ブロックの床に貼りついて伏せていた。

戦闘は長くは続かなかった。正午ごろにはすべてが平静に戻っていた。親衛隊員は逃亡し、そして抵抗派は収容所の支配権を握ったのであった。

午後六時ごろ、アメリカ軍部隊の先頭に立った戦車がブーヘンヴァルトの各門に姿を現した。

自由人となって、私たちがまっさきにしたふるまいは、食糧にとびつくことであった。そのことしか考えてはいなかった。復讐のことも、両親のことも考えてはいなかった。ただパンのことばかり。

そして、腹がくちくなってからでさえ、だれひとり復讐のことを考える者はいなかった。翌日、数人の若者がヴァイマールに駆けつけ、じゃがいもと衣服とをかき集め、——そして売春婦と寝た。しかし、復讐はといえば、影も形もなかった。

ブーヘンヴァルトが解放されて三日後、私は重病に陥った——中毒。私は病院に移されて、二週間というもの生死のあいだを彷徨した。

ある日、私は全力をふりしぼったすえに、ようやく起きあがることができた。私は、正面の壁にかかっている鏡に、自分の姿を映してみたいと思った。私はゲットー以来、自分の顔を一度も見ていなかったのである。

鏡の奥から、死体が私をじっと見つめていた。

私の目のなかにあった死体のまなざしは、それっきり私を離れたことがない。

訳者あとがき

『夜』は一九五八年に、フランスの深夜出版社《エディション・ド・ミニュイ》から、叢書《記録《ドキュマン》》の一冊として刊行されました。インゲ・ショルの『白ばら』やジャン・ムーランの『最初の戦い』と並んでこの叢書に入るにふさわしく、ヴィーゼルの『夜』は死からよみがえった人の悲痛な証言の書です。

ヴィーゼルは二十年前から新聞記者として、フランス、イスラエル、米国の新聞に寄稿しており、いまはニューヨークに住んでフランス語で書いています。みすず書房の小尾俊人氏あての手紙には、新聞の仕事を減らして自分のものをもっと書きたいとあり、日本旅行への希望をも漏らしています。『夜』以後の著作には、長篇小説に『夜明け』『昼』『幸運の都市』『森林の門』があり、昨年『死者たちの歌』(短篇・評論集)と『沈黙のユダヤ人』(ソ連紀行)とが刊行されました。今年の十月に『〈神〉の狂気』(戯曲)が出る予定だとのことです。

戦慄にみちた『夜』のなかでも、幼児が焼かれる場面はまさに地獄絵図です。私はその情景を思うとき、カトリック教会でいう《無辜聖嬰児》に思いを致さずにはいられません。キリスト生誕のおりにヘロデの命令で殺されたこの子どもたちのことを、シャルル・ペギーはこう歌っています。「ほんとうに穢れなき者は、ただ、ヘロデの兵士たちに母の腕に抱かれているところを虐殺された不幸な子どもたちばかりであろう」。ペギーによればこの嬰児たちは、生まれてすぐ純白なまま大地から奪い去られたために、いまは天国で輪回しなどをして遊んでいるのです。では、死の工場で処理されたユダヤの嬰児たちはどうでしょう。私には、四次元宇宙のなかの時間と空間とのある接点で、あの夜の地獄の火が永劫に燃えつづけているような気がしてなりません。

　エリ・ヴィーゼルは、いまもあの夜のヴィジョンに取り憑かれています。彼はある小説のなかでこう書いています。「私〔主人公の友人〕は〈タルムード〉のなかの一句を彼に思いださせた。――〈神殿〉の破壊以来、預言の力は子どもたちに委ねられた、という句を。したがって、もしこの世がいまなお救われうるとすれば、この世に救いをもたらすのは子どもたちだろう。ところで、やがて子どもはいなくなってしまう。やがて、死んだ子どもたちが私たちの預言者になるだろう」。では、その子どもたちはなにを預言するのでしょうか。ヴィーゼルは二十数年前から、その預言について、その子どもたちの死の意味について、ひたすら思いを凝らしてきたのです。

　彼はいま、幼年時の、神秘に憑かれていたころの自分に戻ることができずにいます。なぜならば、戦後のエリと幼年時のエリエゼル〔《神はわが祈りを叶えたまえり》あるいは《神は助けである》の意〕とのあいだに、墓に埋められなかった六〇〇万の死者たちがいるからです。それに、収容所での第一夜に〈神〉を殺害されたエリエゼルは、いわばその瞬間に〈神〉とともに死んだのです。エリエゼルと〈神〉とが去ったあと、彼の内面には底なしの空洞が残りました。彼が果てしなくつづけてきた、その空洞との対話の最初の結実が『夜』なのです。空洞には、つねに暗い影が揺曳しています。墓場を持たぬ死者が生者の心に住みついて、そこを墓場にするからなのです。彼の『昼』は、カザンザキの『アレクシス・ゾルバ』（邦訳『その男ゾルバ』秋山健訳、現代東欧文学全集2、恒文社）の一節を銘句として掲げていますが、そこに「人間の心は血で満ちた墓穴である」とあります。『昼』だけでなく、ヴィーゼルのほかの作品も、こうして内面に墓穴を持つ人間が、なおかつ生者たちとともに生きていこうと努める姿を描いたものです。したがって、彼のつくりだした主人公たちは、友情や愛によって周囲の人たちとの連帯を回復しようと苦闘を続けます。彼はひとたび〈神〉を失いましたが、ユダヤ民族のメシヤ待望が、彼にあっては地上での人間どうしの繋がりへの渇望としてよみがえるのです。ただし、彼にとってのメシヤはいまは超絶的なメシヤでありながら、日々の友情や愛の体験のなかから生まれるメシヤでもあり、《ただひとりの人ではなくて、すべての人》であるのかもしれません。

つぎに、背景をなす事実に簡単に触れておきます。戦前ハンガリー領だったシゲットは、現行の地図上ではルーマニアとウクライナとの国境に位置しています。このあたりは昔から係争の絶えぬところで、シゲットの帰属も変転を重ねてきたのです。南北に高い山脈が迫り、谷あいを流れる二筋の川が、その合流点の近くで町を挟んでいます。こんな僻陬の地までナチスの毒牙が及んだのは、ナチスの徹底した組織力もさることながら、複雑な国境関係からくる軍事上の意味あいもあってのことでしょう。戦前、この都市の人口二万五千のうち一万がユダヤ人でした。彼らが放逐されたのち、戦後二十年間のうちに人口は旧に復しましたが、いまではユダヤ人は約五〇世帯を数えるのみだということです。

米国在住のユダヤ人の社会学者ハンナ・アーレント女史によれば、ナチスの犠牲となって強制収容所に送られたハンガリーのユダヤ人は四七万六〇〇〇名、これにたいし、事前にパレスチナなどへ逃れることができたのは一六八四名でした。なお女史によれば、こんなにも多くの犠牲者が出たのは、ユダヤ人名士がアイヒマンらと積極的に協力したためでした。そしてもちろん、非ユダヤ人も協力したのです。なお、シゲットからユダヤ人住民が移送される場面に、名指しされてはいませんがアイヒマンらしき男が姿を見せています。ヴィーゼルによれば、ハンガリー人はアイヒマンに圧力をかけてユダヤ人輸送を早めさせました。さらに、連合国側の無関心さえ、六〇〇万のユダヤ人の死に責任がないとは言えないのです。

私自身、近くの、また遠くの不幸な人たちへの無関心さを反省しております。心の奥を探ればシャーデンフロイデさえ潜んでいはせぬかと、恐ろしくなります。じつは、私はこの本を親しい人たち、なかでも幸福で屈託のない人たちには読んでほしくないと思いました。悲しく、苦しい思いをさせたくないからです。それでも、みなで考えてゆくためには、やはり読んでいただかねばなりますまい。

さいごに、翻訳の機会をお与えくださり、著者と連絡を取ってくださった小尾俊人氏と、いろいろお世話いただいた青木やよひ氏とにお礼を申しあげます。

一九六七年八月

村上光彦

新版への訳者あとがき

原書の新版が刊行されたのを機に、邦訳『夜』も改稿できてありがたく思っております。旧訳の初版第一刷が発行されたのは一九六七年九月ですから、すでに四十二年という歳月が経ってしまいました。このあいだにも、増刷の機会ごとに不備な箇所に手を入れてまいりました。しかし、象眼による手直ししかできなかったため、技術上の制約があって、気がつきはしても直せずにきた箇所が多々あったのです。旧版の読者には、改訳が遅れたことと、不十分な箇所が長らくそのままになっていたこととを、深くお詫びいたします。依然として力いたらず、このたびも問題点が残ることと思いますが、ご叱正をたまわればさいわいです。

なにぶんにもエリ・ヴィーゼルの世界は、今日の日本人の生活感覚からはまったくかけ離れています。ヴィーゼルが十五歳まで幼少期を送ったシゲットという地方都市は、旧版への「訳者あとがき」でも触れたように、ウクライナ、ハンガリー、ルーマニアが境を接し、ヴィーゼルの少年時代にルーマニア領からハンガリー領へと帰属が変わったりしました。東ヨーロッパからウクライナにかけ、《シュテートル》といって、ユダヤ人居住者が人口の半分近くに達する小都市が散在していました。シゲットはトランシルヴァニア地方の《シュテートル》だったのです。

トランシルヴァニアという地名からして、ローマ神話の森の神の領域である《シルヴァ》（森）を越えた向こうの地を意味しています。域外にある僻陬の地を思わせます。ましてカルパチア山脈の山かげの町などといえば、妖気漂う吸血鬼をめぐるドラキュラ伝説まで思いだされそうです。

シゲットの町とともに、町の周辺に広がるマラムレシュ地方は、文化人類学者が中世民俗の《化石》として注目している地方です。昔の空気が外界から取り残されて、いまも住民のあいだに瀰漫しているのです。この地方の古い木造の教会建築にもその表れが見られます。民家の門構え、住居の外観、絨緞で飾られた内装、古風な家具なども特徴的です。マラムレシュ地方の民俗、風習、住民の服装、暮らし方などに関心のある方は、エッセイストで写真家として知られるみやこうせい氏の仕事を参考になさってください。この方は若いころからこの地方の魅力にとりつかれ、人情篤い住民とすっかり親しくなり、多年にわたって毎年訪れては純朴な人々と交流してきました。朝日新聞出版の朝日選書にも早くから氏の著作が収められています。たとえば『マラムレシュ』『羊と樅の木の歌――ルーマニア農牧民の生活誌』『羊と樅の木の人々――マラムレシュ写真集』（いずれも未知谷刊）などに収められた文章、写真はとても参考になります。なお、みやこうせい氏は、ルーマニア政府にその功績を認められて、二〇〇九年十一月二十四日に同国から文化勲章を授与され、

《芸術騎士十字章》という名称のシュヴァリエ（騎士章佩用者）に任命されました。

マラムレシュ地方に寄り道したのは、この田園風景もヴィーゼルの幼少期を形づくった環境のひとつだったからです。彼は幼いころ、そのような風景のなかで夏休みの日々を過ごしたり、また田舎住まいしている母方の祖父の家でくつろいだりしたからです。この祖父の父親は「夕暮れになると森林へ出かけて、神さまだけを聴き手にして樹下でヴァイオリンを弾くのが好きだった」といいます。森繁久弥演ずるテヴィエ老人――屋根の上のヴァイオリン弾き――とどこか相通ずるところがあります。幼いエリエゼルは、このマラムレシュ地方の山野で《ルーマニアの羊飼いたちの郷愁に満ちた旋律》にうっとりしたこともあったのでしょう。《地平線の向こうに広がる、あの青空と灰色と緋色とが混ざった絨緞のような空も、少年が見入った風景のひとつだったのです。

そしてナチス・ドイツの民族絶滅計画の犠牲となった無数のユダヤ人が、それぞれの同様の思い出を、永遠に虚無の彼方へと奪い去られたとは！『夜』の読者は、この暗闇の日々以前に、シゲットとその周辺での楽園の日々があったことを想起しなくてはなりません。不可能なことではありますが、ヴィーゼルの記憶をとおして、犠牲者たちの記憶まで想像すべきでしょうに。

ここで書きそえておきたいことがあります。先に名を挙げたみやこうせい氏は、シゲットでヴィーゼルの家族が住んでいた家を調べ、そこで貴重な発見をしています。そうしたことは、いつか氏自身に語っていただかなくてはなりません。

ところでヴィーゼルは幼いころ、シゲット近郊の祖父の家の近くから遠くパレスチナのガリラヤに行けると信じていたのでした。「山をよじ登り、山中で特別の地下道の秘密の門を見つけるだけでよかったのだ。その門はガリラヤに通じているという話だった」。パレスチナといえばエルサレム。エルサレムはキリスト教徒およびイスラム教徒にとってもそうですが、まずユダヤの〈神〉を信ずる人たちにとっての聖都でした。古代に再度にわたってこの都の〈神殿〉を破壊され、それ以来長きにわたって故地から追われ、〈ディアスポラ〉(ユダヤ民族の離散)の民となったユダヤ人にとって、エルサレムはいつかは帰るべき故郷でした。幼い日のヴィーゼルが、祖父の家に近い《秘密の門》からガリラヤへ行こうと思ったのは、じつはこの幼児だけの夢ではありませんでした。東ヨーロッパには十八世紀に、ユダヤ教の分派ながら、復古的でしかも革新的な《ハシディズム》の運動が広まりました。その信奉者を《ハシディーム》(これは複数形で、単数形では《ハシッド》)といいますが、幼児の幼い夢は故地エルサレムをいつも心に描くハシディームすべての夢でもありました。祖先伝来の夢だったのです。

シゲットの人口の半ば近くを占めるユダヤ人は、この信仰によって生活を律せられていました。『夜』の第一章からは、彼らの信仰心も伝わってきます。ヴィーゼルの文学を理解するには、こうした信仰のことも勉強する必要があります。ヴィーゼルは『夜』ののち、ハシディズム研究に没頭して、彼らの伝承をあつめた著作も何点かあります。

しかし、このたび初めて『夜』を読まれる方々には、ユダヤ教のことは後回しにしても、とにかくヒトラーが実行に移したユダヤ人大量虐殺《ジェノサイド》の実態を知っていただきたいと思います。ドイツ人はもともと合理的な国民のはずです。ところがヒトラーの立てたユダヤ人絶滅計画は、ナチス・ドイツの存亡の懸かる戦争遂行努力を阻害する非合理きわまる代物でした。シゲットのような田舎町からまでユダヤ人を追い立て、戦力増強のためにいくらでも必要だったはずの輸送手段を《移送》に回すとは、一国の指導者としての資格を疑わせるほど愚の骨頂の企てでした。半ば飢餓状態に置かれた未熟練労働力を強制労働に就かせても軍需品の生産増強に役立つわけがないのに、経済的効率などまるきり度外視されていたのです。

『夜』にも米軍機によるブーナ空爆の挿話が語られています。連合国が死の工場の存在を知らなかったなどということは考えられません。この題目についてはヴィーゼル著『死者の歌』所載の諸論文をごらんください。強制収容所に通ずる鉄路をも空爆の対象に選んだならば、なにも知らずに屠所へ引き立てられていった犠牲者の人数はそれだけ減ったことでしょうに。

この「訳者あとがき」では、解説ふうの書き方をなるべく押さえたいのですが、それにしても、ヴィーゼルの新版に寄せた序文とモーリヤックによる旧版以来の序文に関連して、まず一、二述べておきたいことがあります。『夜』の原型をなすイディッシュ語原稿には《〈シェキナー〉の炎の聖なる火花》という語句が見られるそうです（本書一一ページ）。その箇所に割注を入れておきましたが、これはユダヤ思想の根源に関わる表現なのです。マルティン・ブーバーは『ハシディズム』（みすず書房による邦訳あり）において、〈カバラー〉思想の中心概念の一端をつぎのように説いています。

創造の恩恵の火の奔流が原初の原型（〈容器〉）に注ぎ込まれたとき、〈容器〉はその奔流を受けきれなくて壊れてしまった。そのさい、奔流は無限の火花となって四散した〔その火花こそ、イディッシュ語原稿のいう《〈シェキナー〉の炎の聖なる火花》なのです〕。それらの《火花》のまわりに《殻》が生じ、そこから《欠如、染み、災い》がこの地上の世界に起こった。このようにして《完全な創造のなかに不完全なもの》が付着した。そのとき〈神〉は、みずからの創造の火花のあとを追いかけた。こうして〈神〉の栄光がみずから地上の世界に下り、世界の内へ《捕囚》となって入り込み、世界に住み、世界の染みのまったただなかで悲しみ苦しむ被造物のもとに留まるのである。――それらの救いを熱望しつつ……。

ブーバー、ショーレム、ヴィーゼルなどの著作を読むと、ユダヤ教の〈神〉が〈宇宙の主宰者〉でありながら、みずから《捕囚》の身となるなど、およそ絶対者らしからぬ振る舞いを見せるように記してあるので驚かされます。強制収容所に移送された囚人のなかには、これをユダヤ人の罪科《つみとが》にたいする懲罰と受けとめた人たちがいました（本訳書九九ページ参照）。ヴィーゼルの自伝『そしてすべての川は海へ』には、「懲罰は〈神〉によって科されたものではあるが、この打撃を受けた人々を超越している。懲罰は〈裁き手〉自身をも巻き込む」とあります。つまり〈神〉は、罪科を犯した者を厳格に罰するとともに、〈彼〉みずからもかならず罪人たちとともに《居合わせ》るのです。『ゾハル』（〈光輝〉の書）には「いかなる空間にも〈神〉の不在はない」という語句がありますヴィーゼルはこの語句を説明して、「〈神〉はいたるところにおられる。苦しみのなかにまで、また懲罰の中心そのものにもおられる」。それゆえ《世界における〈神〉の栄光のすまい》としての〈シェキナー〉におられる〈神〉は、同時に苦しみのなかにいる民のあいだに臨在しておられる。そして〈神〉も民もともどもに《解放を待望》しているというのです。

ヴィーゼルの愛読者は、彼とともにユダヤ人の受難について思いを深めるうちに、いつしかユダヤ教の根源の深遠さに魅了されることとなります。しかし『夜』に初めて接する方々は、十五歳の敬虔なハシッドが〈神〉への反抗者に変貌してゆく過程を辿って震えおののくはずです。この少年は、この世の地獄が二十世紀になっても実在しえようなどと思ったこともありませんでした。ところが彼は、赤ん坊を生きたままいちどきに炎の燃え立つ穴に投げ込む場面を目前に見ました。しかも〈神〉は沈黙を守っていたのです。敬神の思いの深い少年だけに、〈神〉が地獄の現前を黙過しているという事実はとても受け入れられなかったでしょう。

「けっして私は忘れないであろう」という折り句をつらねた数行のなかで、作者は《私の〈神〉と私の魂とを殺害したこれらの瞬間》という表現を用いています。さらに苦難の日々を過ごすうちに、ユダヤ暦の新年の前夜に少年は儀式のさなかに心のなかでこう叫びだすにいたりました。「今日、私はもう嘆願してはいなかった。（……）私は原告であった。そして被告は――〈神〉」。

フランソワ・モーリヤックが『夜』に寄せた序文のなかでとりわけ重視しているのも《〈神〉の死》という問題です。《ものごころついてこのかた、〈タルムード〉に心を養われ、〈カバラー〉の奥義に通じようとの野望を発し、〈永遠なるお方〉に心身を献げて、ただ〈神〉のためにのみ生きていた》少年が、信仰を有する者にとっては最悪の所業に出逢った、ということ。すなわち《一挙に絶対の悪を発見したこの幼い魂のなかで〈神〉が死んだ》という主題です。

ヴィーゼルはモーリヤックと出会ったがために、この文豪の親切な努力のおかげで、その処女作を世に問うことができました。ヴィーゼルはその自伝のなかで、モーリヤックが彼のためにどれほど力を尽くしてくれたか語っています。「彼は『夜』の最初の読者で、彼自身の本を出している出版人たちに当たってくれたのだが、無駄骨になった。彼は出版人たちに、この本の序文を書こう、新聞雑誌でその話をしよう、自分の利用できるあらゆる手段――しかもそれらの手段は力強かった――を用いて本の援護をしよう、と約束した。なんの効果もなかった。彼の聞かされた返事はこうだ。『死の収容所は、もうだれの関心も呼びません。売れないでしょう』……」

戦後十年、一九五〇年代の中ごろはそういう時代だったのです。平和が戻って十年、世間の人は暗い話題を好まなくなっていました。じつは、それからさらに半世紀を経た今日、世間の空気には似たような反応があるかもしれません。それはまた別問題です。とにかく、ヴィーゼルはモーリヤックへの感謝を忘れたことがなかったのです。この二人の年齢を隔てた友情には語るべきことがたくさんあります。できればヴィーゼルの自伝をお読みください。

『夜』の改訳を終えたいま、わたし自身にも『夜』について語りたいことは多々あります。すべてを言い尽くす余裕はありませんが、とくに触れておきたいのはヴィーゼルが父にいだいていた気持ちのことです。私事に及ぶことですが、精神医学者の島崎敏樹先生が『夜』の読後感として、ヴィーゼルには父を見殺しにしたという罪障感がある、と訳者に語ってくださったことがあります。

じっさい『夜』には、父親を厄介払いしようとした息子の話が枚挙にいとまがないほど語られています。ひとかけらのパン欲しさに父親を殴り殺した息子の例さえ見られます。なかでもラビ・エリヤフー父子のばあいは印象的です。父親のほうは「ブーナでだれもがけっして言い落とさずに《ラビ》と称号をつけて呼んでいたのは、ただこのラビのみであった」とあるほどの有徳者で、《往年の預言者たちのだれか》を思わせる風貌の持ち主でした。その息子も、父親に恥じぬ孝行息子だったのです。この父子は移送されて以来、《収容所から収容所へ、選別から選別への三年間》というもの、苦難にかけても祈りにかけてもずっと二人いっしょに堪えぬきました。ところがブーナからグライヴィッツをめざす移送の途中、ラビ・エリヤフーの息子は、父親が落伍しだしたときに、重荷になった父親を《厄介払いしよう》と決意したのでした。自分だけ生き残ろうとしての故意の仕業でした。その事実に感づいた瞬間、エリエゼルの心のなかに、《もう信じてはいないあの〈神〉に向かって》祈りが湧き上がりました。――「〈神〉よ、〈宇宙の主宰者〉よ、ラビ・エリヤフーの息子が為せしことを断じて為さざる力を、われに与えたまえ」

第八章は父を思うエリエゼルの最後の試練を軸として語り進められています。ブーヘンヴァルト到着後、彼は空襲警報が出て避難したさい、臨死寸前の父にかまわずに群衆についていってしまいます。翌朝目覚めると父を探しにゆくのですが、彼はその一瞬「お父さんを見つけなければいいんだ！」と思いました。よからぬ想念が脳裏をよぎったとき、それだけで罪を犯したと責められなくてはならないのだとしたら、エリエゼルもまたラビ・エリヤフーの息子と同じ罪に陥ったわけです。この章は終始一貫して、彼の罪障感に支配されています。そして章末の語句は恐ろしい響きを轟かせるのです。「――とうとう自由になった！……」

ヴィーゼルの自伝によると、彼はゲットーを立ち去ったときから幼友だちと別れ別れとなり、収容所では幼いころのことを語り合う相手がいなかったのです。「収容所では、わたしはもう子どものころを失っていた。父しかいなかった。わが最良の友、唯一の友」

父親であるとともに《最良の友》でもあった人と、あのように無慈悲な別れを強いられたのでした。これまたナチス・ドイツの暴虐に起因する一挿話です。その暴虐の総体は私たちの想像を絶しています。

この「訳者あとがき」の結びとして、ヴィーゼルの自伝から数行引用いたします。

わたしの父の死。わたしは今日までその喪に服している。その死に先立つ試練の数々は、その激しさをなんら失うことなく、わたしの心のなかに留まっている。わたしは『夜』のなかで、その挿話を一息で書いた。グライヴィッツへの死の行進、雪のなかでの眠り、突風にさらされた無蓋貨車での立ったままの旅。ブーヘンヴァルトに到着するまでの、生きた死体の発した狂気の叫び。――わたしはこのことについても、一生その物語をして過ごすこともできよう。いまもわたしの身を貫いてやまぬ、あの数々の叫びを、どうして黙らせられようか。踏みつけられていたのはわたしだったのか。救いの手はわたしに差し伸べられたのだろうか。わたしたちはだれもかれも、幻覚に囚われていた。すでに死んでいたのだから、もはや死を恐れていなかった。わたしたちは死よりも強かった。なぜかしら、わたしには〈コル・ニドレ〉〔〈大いなる赦しの日〉の夕方の勤行の冒頭に行われる、誓いの無効宣言〕の晩のわたし自身の姿が目に浮かんだものだ。わたしは、祭儀用のショールで身を包み、生者も死者も混ざりあって、いまにも上天まで昇ってそこで〈サタン〉に打ち負かされた人類のために弁論しようと身構えている信者たちに囲まれていた。わたしはほかの仲間といっしょに叫び、ほかの人たちといっしょにどなりながら、〈シェマ〉〔基本の祈り、キリスト教における〈主の祈り〉のようなもの〕やカディシュやほかの呪文を唱えていたが、それらの叫び声は雪上を散り散りになってゆくのだった。

このたびの改訳版刊行については、みすず書房の守田省吾氏のお世話になりました。また作業の進行については、中林久志氏にご担当いただき、疑問点を調べていただきました。

本書刊行にさいして悲しみに堪えないのは、四十二年前の初版刊行の編集作業を進めてくださった青木やよひさんが、『ベートーヴェンの生涯』(平凡社新書)をあとに遺して、つい先だって幽明境を異にされたことです。この改稿版をぜひ読んでいただきたかったのに……。

二〇〇九年十二月

三浦半島秋谷海岸にて

村上光彦

エリ・ヴィーゼル邦訳書一覧

『夜』村上光彦訳、みすず書房、一九六七年。新装版、一九九五年
『死者の歌』村上光彦訳、晶文社、一九七〇年、晶文選書。新装版、一九八六年
『夜明け』村上光彦訳、みすず書房、一九七一年
『昼』村上光彦訳、みすず書房、一九七二年
『幸運の町』村上光彦訳、みすず書房、一九七三年
『エルサレムの乞食』岡谷公二訳、新潮社、一九七四年
『コルヴィラーグの誓い』村上光彦訳、白水社、一九七六年、新しい世界の文学75。新装復刊版、二〇〇三年
『沈黙のユダヤ人――ソビエト・ロシア旅行から帰って』村上光彦訳、白水社、一九七八年、白水叢書
『夜・夜明け・昼』村上光彦訳、みすず書房、一九八四年
『伝説を生きるユダヤ人』松村剛訳、ヨルダン社、一九八五年
『大統領の深淵――ある回想』フランソワ・ミッテランとの共著、平野新介訳、朝日新聞社、一九九五年
『そしてすべての川は海へ――20世紀ユダヤ人の肖像』村上光彦訳、朝日新聞社、一九九五年、上下巻
『介入？――人間の権利と国家の論理』川田順造編、廣瀬浩司・林修訳、藤原書店、一九九七年
『しかし海は満ちることなく――20世紀ユダヤ人の肖像Ⅱ』村上光彦・平野新介訳、朝日新聞社、一九九九年、上下巻
『たそがれ、遙かに』前田直美訳、人文書院、二〇〇五年

著者略歴

(Elie Wiesel, 1928-2016)

1928年トランシルヴァニアの小都市シゲットに生まれたユダヤ人作家. 1944年アウシュヴィッツの強制収容所に入れられ, 翌年ブーヘンヴァルトの強制収容所で解放を迎える. 帰郷を拒んでパリのソルボンヌ大学に学ぶ. のちに新聞記者となり, 1956年に渡米して市民権を得る. 1986年ノーベル平和賞受賞. ボストン大学の教授も務めた.

訳者略歴

村上光彦〈むらかみ・みつひこ〉 1929年佐世保に生まれる. 1953年東京大学文学部仏文学科卒業. 成蹊大学名誉教授. 大佛次郎研究会会長も務めた. 2014年歿. 著書『大佛次郎——その精神の冒険』(1977)『鎌倉幻想行』(1986) (以上朝日新聞社)『鎌倉百八箇所』(1989, 用美社)『パリの誘惑』(1992, 講談社). 訳書『ド・ゴール大戦回顧録』(共訳, 1960-1966, 改訳復刊 1999) カストロ『マリ＝アントワネット』(1972) モノー『偶然と必然』(共訳, 1972) レイン『好き? 好き? 大好き?』(1978) ブローデル『日常性の構造』1・2 (1985)『世界時間』1・2 (1996, 1999)『ロマン・ロラン伝』(2012) (以上みすず書房) ヴィーゼル『死者の歌』(1970, 晶文社)『そしてすべての川は海へ』(1995)『しかし海は満ちることなく』(1999) (以上朝日新聞社) ほか.

エリ・ヴィーゼル
夜
［新 版］
村上光彦訳

2010年2月2日　第1刷発行
2022年3月9日　第5刷発行

発行所　株式会社 みすず書房
〒113-0033 東京都文京区本郷2丁目20-7
電話 03-3814-0131（営業）03-3815-9181（編集）
www.msz.co.jp

本文印刷所　三陽社
扉・表紙・カバー印刷所　リヒトプランニング
製本所　誠製本

ISBN 978-4-622-07524-0
［よる］